臆病な大人の口説き方

月東 湊

幻冬舎ルチル文庫

CONTENTS ✦目次✦

✦臆病な大人の口説き方

✦イラスト・花小蒔朔衣

✦カバーデザイン＝chiaki-k
✦ブックデザイン＝まるか工房

臆病な大人の口説き方

1

双発機のプロペラが止まり、機長の挨拶《あいさつ》が機内を流れる。キルギス語、ロシア語、英語。放送が終わると天井についていた蛍光灯が消えた。タラップが下ろされる音が聞こえる。前の座席の下に押し込んでいたボストンバッグを肩にかけて俺は立ち上がった。最後の乗客の後ろについて機内を出る。

青空が広がっていた。

そのまぶしさに思わず目を眇《すが》める。

ビシュケクのマナス国際空港には、旅客機よりも多くの灰色の米軍機がとまっていた。US Air Forse の文字がはっきりと読み取れる。

ここ、キルギスが中東における米軍の重要拠点だということを実感させる光景だ。二年前にはこんなことはなかった。

古びたタラップはぎしぎしと左右に揺れる。

二年前もこんなタラップを降りた。それを思い出すとついため息をつきたくなる。

入社して三年目の夏だった。先輩について初めて国際営業としてキルギスに来た。あの時はやる気に満ち溢《あふ》れていた。こんなに重い気持ちでタラップを降りていなかった。

「ここまで来たらやるしかない、だろ」

覚悟を決めて、自分に言い聞かせる。

ボストンバッグを肩にかけなおして、俺は滑走路に降り立った。


とはいえ、クレーム処理なんだから気が重くなるのは仕方ないと思う。

しかも、改善する見込みのないクレームだ。

俺が勤めているのは地図コンサルタント会社で、その事業の一環として、国際協力機構(JICA)の下請け業者として海外での地図作成も行っている。つまり、政府間援助に関わっているわけだ。

政府間援助は、表向きはその国が日本に「援助をしてください」と要請を上げることから始まる。

だが実際は、日本がそのような援助を行っていることを知らない国も多い。かりに知っていたとしても「うちのような小国は相手にしてもらえない」と最初から諦《あきら》めていることもある。

それをつついて、要請書を提出するように仕向けるのが政府間援助をしている民間企業の国際営業だ。自社で誘いをかけた国の案件が採択されれば、下準備をしてある分、プロポーザル勝負で勝ちやすくなる。

二年前、俺は先輩社員と一緒にキルギスの林業省を訪れ、要請を上げさせることに成功した。それはかなり優良な要請書で、昨年間違いなく採択されて公示になるはずだった。

だが、状況は急変した。

中東の紛争で休戦協定が結ばれたのだ。

その途端、林業・農業などに確保されていた援助予算がほとんど戦後復興援助にシフトした。俺たちが仕掛けていたキルギス林業案件は流れた。

いつまでたっても採択の知らせのないことに、キルギス林業大臣が業《ごう》を煮やして本社に怒りの連絡を入れてきたのが先週のこと。

俺たち営業だけでなくＪＩＣＡの職員でさえもが「これは通るでしょう」とお墨付きを与えて期待させてしまったのが悪かった。期待が大きかった分怒りも激しく、キルギスの他の省庁にまで悪影響を与えそうな勢いで、こうして俺が飛んでくることになったわけだ。

「とりあえず行って、ひたすら頭をさげてこい」

それが国際業務部長の命令だ。

むちゃくちゃだと思う。

謝罪して案件が通るわけじゃないし、代わりの美味《おい》しい話があるわけでもない。今後三年は戦後復興援助の比重が高くなり、林業・農業援助予算が削られることは確実なのだから。

「……なにを喋《しゃべ》ればいいんだか」

本当に頭が痛い。

何をどう喋れば大臣は怒りを静めてくれるのだろう。

アフリカに飛んでいってしまっている先輩が心から恨めしい。

しかも、この出張にはもうひとつ頭の痛いおまけがくっついているのだ。

ため息をつかずしてどうやってすごせというのか。


税関の審査を抜けて出口の扉へ向かう。

扉を開ければ、そこはもうタクシー乗り場だ。

「タクシー?」

「タクシー!」

客待ちのタクシー運転手の声がほうぼうから飛んでくる。俺はバッグを抱えなおした。

鞄《かばん》を奪われないようにしなくてはいけない。運転手が蟻《あり》のように群がり、自分の車に乗せようと荷物を引っ張るのだ。

案の定、ドアを出た途端に運転手が四方八方から寄ってくる。

「タクシー、タクシー?」

「必要ない!　運転手がきてる!」

英語で叫び返した俺の耳に「日高《ひだか》君！」と明らかに日本語の発音が届いた。

声の方向に顔を向ける。

炎天下の下、灰色のポロシャツ姿で片手を口にあてて大きく手を振っている姿があった。表情は見えないが、背の高い現地人の間にあっても目立つその長身は長月《ながつき》さんに間違いない。

「長月さん」

驚くと同時にきりっと胃が痛む。

俺の気持ちを重くしているもうひとつの要素がこれだ。

俺はこの十歳上の技師長が心の底から苦手だ。現地に長月さんしかいないと聞いて、本気で出張に行きたくないと思ったくらいだ。この出張好きの俺が。

「散れ散れ。その人はうちの客だよ」

長月さんの隣にいたロシア人系のほっそりした青年が俺に歩み寄る。その声を聞いた途端、群がっていたタクシー運転手たちはあっさりと引き下がって次の獲物に突進して行った。

「いらっしゃい、日高さん。ボリスです」

「あ。はじめまして。日高圭二《けいじ》です」

運転手というより銀行員といった風情の青年は、にっこりと笑って俺に手を差し出す。その握手を受けながら、俺は目の端で長月さんを見つめ続けていた。

長月さんが笑っている。あの無愛想な長月さんが。

あっというまに人がいなくなった通路で、長月さんは俺に歩み寄った。

「おつかれさま」

白い歯を見せて笑いながら手を差し出される。

その姿に思わず目を瞬《またた》いてしまう。

——本当に長月さんが笑ってる……？

「ようこそビシュケクへ」

「あ、ありがとうございます」

驚きのあまりどもってしまう。

初めて触れた長月さんの手は暖かくて力強かった。それにすら驚く。

「フライトはどうだった？　夜行便だったから疲れただろ」

「それが珍しいことに満席で」

明るい声に戸惑いながら、俺は努めて普通に喋ろうとする。

「夏休みに入ったばかりだからな。ツアー客が多かったんじゃないか？」

「そうですね」

それは大変だったな、と長月さんは助手席に乗り込みながら笑う。

「今日のところはとりあえずホテルで休むといいよ」

「え、いいんですか」

「どうぞ。明後日《あさって》はウズベキスタンに向かうわけだし、体調は整えすぎて困ることはないよ。ああそう、こっちでの通訳はちょっと手配がつかなくてね。悪いけど、僕と一緒にボリスを使ってもらうことになるから」

「あ、それは構いません。すみません、お手数をおかけして」

饒舌《じょうぜつ》な口調に驚いているあいだにランドクルーザーが動き出す。

窓からの風を受けて目を細める長月さんの顔がバックミラーに映っていた。目にかかる前髪をかきあげて窓の外を眺めている。そこには、いつも刻まれている眉間《みけん》の皺《しわ》はない。

俺は、信じられない思いでそれを見つめた。

――まるで別人にしか思えない。

車は岩と灌木《かんぼく》ばかりのだだっぴろいステップを抜けて行く。

車道の脇《わき》のポプラ並木。その下の素彫りの水路で羊が水を飲む。遠くにはらくだの群れ。

「ホテルまでは一時間くらいかかるから寝てたらいいよ」

そんなこと言われても、俺はあまりの驚きに眠気なんか吹っ飛んでしまっていた。

2

長月さんは無愛想で有名だ。

とにかく仕事に厳しく、絶対に笑わない。いつも難しい顔をしてPCに向かっている。

三十代という異例の若さで技師長をしている長月さんの技術力の高さは誰もが認めている。

だけど同時に、気難しくて扱いにくいことも誰もが認めるところだった。

俺だって最初から長月さんが苦手だったわけじゃない。

基本的に俺は、噂《うわさ》で人を判断することはしない。どれだけ評判が悪くても、実際に会ってみるとそれほどでもないことが多いからだ。こっちから心を開いてみれば意外といい人だったりする。

長月さんだって噂が大げさなだけだと俺は思っていた。

だけど、三年前、入社してそろそろ二年経《た》とうという頃のこと。

情報システム部が忙しすぎて、問い合わせに答えてくれる人が誰もいなかったために、俺は長月さんに質問に行くことにした。

客先のシステム担当者がよこした質問はかなり意地が悪くて厄介《やっかい》で、俺の手におえなかった。システムは長月さんの専門でもあり、長月さんに分からないことはないと営業部でも言われていたから、俺は単純に長月さんを質問相手に選んだのだ。

そこまで評判の悪い長月さんに興味があったこともある。

実は俺は、幼い頃から人付き合いだけは得意で、どれだけ気難しい人でも「日高なら」ほぐすことができるとよく言われていたのだ。実際そうだったし、長月さんもきっと大丈夫だろうと思っていた。

だけど、長月さんはあっさりとそんな俺の鼻を折った。

質問した俺に、長月さんはとりあえず答えてくれたけど、去り際の一言が痛かった。

「君は、そんなことも知らないでシステムの営業までしているの。客先にどんな提案をしているのか怖いもんだね」

言葉の内容よりも、その冷たい声色《こわいろ》がぐさりと刺さった。

思わず振り返った視界の先で、長月さんはまっすぐに俺を見ていた。睨《にら》むように、さげすむように。声に負けない冷たい目で。

すっと背筋が冷えた。

このくらいのことは時々言われる。いつもの俺なら笑って流せる。

だけど、長月さんの言葉は刺さった。彼の言葉には明らかに敵意があった。

営業部に戻れば、成り行きを心配していた先輩に「どうだった」と声をかけられた。

「答えてくれましたよ。だけど、こんなことも知らないで営業してるのかって叱られました」

肩を竦《すく》めて少し笑う。自分の失敗を誰かに話すのに心が引っかかったことは初めてだった。

「ああ、長月さんは難しいからな。日高でもだめか」

先輩が苦笑する。

「まあでも、長月さんがすごすぎるからな。なんであの人が部下を持ってないのか俺は不思議だよ」

「あら、分かる気はするわよ。あの気難しさと仏頂面《ぶっちょうづら》じゃ部下は育たないと思うもの。笑った顔を誰も見たことがないって異常よ。部下は持たせられないけど技術は他社にはやれない。技師長で正解じゃない？」

先輩たちの言葉に、少し慰められた。でも、できれば長月さんにはもう係《かか》わりたくないと思った。

のに。

俺は数日後、どうしてももう一度長月さんに質問をしなくてはいけなくなっていた。例のシステム担当が、また質問をしてきたのだ。

長月さんの机の横に立って、俺は変にどきどきしていた。

誰かに会うのを怖いと思ったのは初めてだった。何を言われるのか分からなくてびくびくしていた。そして長月さんは案の定、呆《あき》れるように俺を見上げてため息をついたのだ。

「失敗を笑いながら話すような人には教えたくないんだけど」

一瞬、何を言われたのか分からなかった。

そしてすぐに、自分の前回の態度だと気付く。かっと顔が赤くなった。

「すみません！」

頭を下げる。

「でも、どうしても教えてください。長月さんじゃないと分からないんです」

長月さんはすっと目を眇めた。蔑《さげす》んだ目だった。

「本当に僕だけ？　僕に聞けば何でも分かると思って、安易にここに来ていない？　もう二年も営業してるんだろ。もっと社内のことに詳しくなりなさい。その質問内容なら、情報システム部や僕よりもジオインフォ室だよ。甲斐《かい》君ならもっと的確な答えを出せる」

ぐさぐさと刺さった。

他の誰に言われてもここまで傷つきはしなかっただろう。言われても不思議じゃない内容だから。

結局長月さんは答えはくれたけれど、俺は技師長室を出た途端に壁に寄りかかっていた。もしそこに他の社員が通りかからなかったら、俺はしゃがみこんでいただろう。そのくらいきりきりと胸が痛かった。

初めて俺は、誰かを苦手になった。

どう接していいか分からない。姿を見かければ物陰に隠れたくなる。

それでも俺は、長月さんと会うと挨拶した。苦手じゃない振りをして笑って「おはようございます」と声を掛けた。だけど長月さんは、ちらりと見るだけで返事も返してくれない。

苦手になるまいと思ってもだめだった。彼のスーツ姿を見ると心が怖気《おじけ》づく。「おはようございます」と一言口にするだけなのにものすごく勇気をかき集めなくちゃいけない。

嫌っちゃいけない、そう自分に言い聞かせる。

だけど、どうしようもなく怖かった。

だから、ビシュケクに長月さんしかいないと聞いたときには素《す》で固まった。

「長月さんに知らせなくていいです。こっそり行きますから」

「何言ってるんだよ、そんなことできるわけないだろ。まあ、現地で長月さんと二人きりっていうのは確かに同情するけど」

「だったら先輩も一緒に行ってくださいよ」

「無理。俺はアフリカ。それに、二人で行くほど海外営業部は裕福じゃありません」

出張が近くなると気のせいでなく胃が痛くなった。

部長に「そんな顔するなって。長月君だって悪い人じゃないんだよ」と苦笑されるほどだった。だけど、気が滅入るものは滅入るのだ。

クレーム処理と長月さん。

こんなに気が重い出張は入社以来だった。

――それなのに。

一晩明けても長月さんは、別人のままだった。

俺はまだ目の前の状況が信じられない。

一体これはなんなのだろう。長月さんはやっぱりにこやかに笑っている。

「PC繋《つな》ぐだろ。ネットワークの割り当てはここに書いておいたから、もしできなかったら呼んで」

今日の長月さんはネクタイにスーツだ。

運転手兼通訳のボリスを呼んで、早口の英語で何かを頼んでいる。了解、とボリスが笑って、電話を手に取る。彼が喋るロシア語の端々を聞き取って、午後のアポイントを取っていることが分かった。

ボリスはロシア系キルギス人の青年だ。若いかと思ったら、歳《とし》は俺より三つも上の三十歳だった。ロシア人の金髪と青灰色の瞳をしている。細身のハンサムだ。日本ならきっとものすごく目立つだろう。

アポイントが取れたらしい。長月さんは「よし」とボリスの肩を叩《たた》いた。親しげに笑う。

俺はこっそりと首を振った。

まるっきり別人だ。笑みが絶えない。親しげに声をかけて楽しそうに話す。

「ああ、日高君」

「はいっ」

突然声を掛けられて思わず飛び上がってしまう。

「昼食はどんなものがいい？」

「……昼食？」

目を瞬いた。

長月さんからそんな言葉を掛けられるなんて思ってもいなかった。どうせ別行動だと思っていたから、道端でピロシキでも買って適当に食べるつもりだったのだ。

「せっかく来たんだから、ボリスと三人で精のつくものでも食べに行こう。最初の昼なんだからおごるよ」

机に肘《ひじ》を突いて、楽しげに俺を見る。

「あ、ありがとうございます」

どういう反応をしていいのか分からない。

……なんなんだろう、これは。


昼食には、ボリスの提案で韓国家庭料理を食べに行った。

「これ。何の肉だと思う？」

長月さんが英語で問いかける。俺と長月さん、ボリス。三人が共通して理解できる言葉は英語だ。自然と会話は英語になる。

俺はテーブルの中央に置かれた肉の煮物を見る。

香草とともに甘辛く煮付けてある筋張った肉は、疲れているときにいいからと長月さんが頼んだものだ。確かに、白米と食べると食が進む。

「羊ですか?」

にやにやと長月さんは笑っている。

「犬」

「犬?」

「犬の肉だよ。こっちでは、風邪気味になったり疲れたりしたら犬の肉を食べると力がつくといわれているんだ」

思わず実家の飼い犬が頭に浮かんで、皿の上の黒っぽい肉をじっくりと見てしまう。

「もう食べるの止《や》めておく?」

言われてはっとする。

「いえ、いただきます」

無理しなくてもいいんだよ、と長月さんが楽しそうに笑う。ボリスと目を合わせて笑う様子に、からかわれていることに気付く。少しむっとした。

俺は意地になって皿に箸《はし》を伸ばす。

「せっかく殺されてくれたんだから、最後まで食べないと申し訳ないですから」

そのとたん長月さんが吹き出して笑い出す。

「な、なんですか」

「やっぱり楽しいよ、日高君は」

顔を伏せておかしそうに笑う。

「楽しい……？」

まさかそんなことを長月さんに言われるとは思っていなかった。

しかも、やっぱり、って何だ。前からそう思っていたということなのだろうか。嫌っていたはずなのに。

「楽しいね。そう思わない？　ボリス」

「ええ、彼は可愛《かわい》いですね」

キュートというその言葉にカチンときてボリスを見る。

キュートってなんだよ。キュートって。そんなの女の子とか子供を褒めるときの言葉じゃないか。

ボリスは俺を横目で見て笑っている。形のいい目を細めて笑うボリスこそ可愛い顔だと思うのに。いや、美人だというべきか。

長月さんはそんなボリスの横でうつむいて笑っている。床の上で片膝《かたひざ》を立てて座る格好さえリラックスしていて、見ているこっちが落ち着かない。

本当に、長月さんに何があったのだろう。まったく別人だ。何を考えているのか欠片《かけら》も分からない。

確かに仏頂面よりはマシなんだけど、日本でことごとく冷たい態度をとられ続けてきた身としては、今の長月さんが不気味すぎるのだ。裏があるに違いないと思ってしまう。

長月さんがトイレに立った隙《すき》に、俺はボリスに顔を寄せた。

「ねえボリス。長月さんっていつもこんなによく笑うの」

ボリスは、どうしてそんなことを聞くのかというように不思議な顔をした。

「そうですよ？　ナガツキサンは、いつも場を明るくしてくれる。いい人ですよ」

俺はいよいよわけが分からなくなって、こっそりとため息をついた。

確かに、海外に出ると性格が変わる人はいるけど……。でもこれはあまりに変わりすぎだろう。

「……まるで二重人格だよ」

思わず日本語でつぶやいた言葉をボリスが「なんですか？」と聞き返す。

「ごめん。なんでもないよ」

ボリスは肩を竦めて笑った。

まあいい、と俺は考え直す。

どっちにしても、この不気味な長月さんと接するのはあと五日だけだ。ビシュケクに滞在するのは、今日と明日の出発までの半日、あとは来週に日本に帰る直前の三日間だけだから。それ以外は俺はウズベキスタンやカザフスタンに渡る。

この、何を考えているのか分からない長月さんよりは、いつもの怖い長月さんのほうがマシだと思う自分は、やっぱり長月さんに毒されすぎているのだろうとは思うのだけど……。

だけど、物事はそう上手《うま》く進まなかった。

「ヒダカサン、ヒダカサン」

ボリスが難しい顔で俺を呼んだのは、昼食を終えて事務所に入ってすぐのことだった。

「なに？」

彼が見ているディスプレイを一緒に覗《のぞ》き込む。

ロシア語で書かれたホームページだった。

「ヒダカサン、明日ウズベキスタンに行くんですよね」

「うん。二泊三日で。都市計画長にアポイントを取っているはずだけど、だめになった？」

「もっと重大です。ウズベクで武装蜂起《ほうき》が起きてますよ」

「え？」

慌てて自分もインターネットを繋ぐ。だけど、日本の新聞社が配信しているニュースには一切そんなことは載っていない。

「ボリス、こっちには出てないよ」

「日高君、日本は情報が遅いんだよ。ＢＢＣのホームページには速報が出てる。ボリス、それはどこからの情報？」

長月さんが話に割り込む。

「ウズベクのローカルプロバイダーです」

「じゃあ、それが一番確実だ。場所は？　死者は出てる？」

「フェルガナ盆地のほうですね。死者は……出てると思いますよ。軍隊が市民に向けて発砲したって書いてありますから」

長月さんが顔をしかめた。

「……まずいぞ。キルギスまで飛び火する可能性があるな」

「飛び火？」

「フェルガナ盆地にキルギスとウズベクの国境があるだろ。ウズベク人がキルギスに逃げ込めば、国際問題になってキルギスも巻き込まれる。キルギス国内で次の暴動が起きても不思議じゃないんだよ」

「ここで？」

どきりとする。

それって、かなりヤバイ状態なんじゃないだろうか。

突然電話が鳴る。俺はぎくりとして振り返った。

すばやく受話器を取ったボリスが「ＪＩＣＡのアサイサンです」と電話を長月さんに転送する。

「はい、気がつきました。——ええ。そうですね。はい、分かりました。わざわざありがとうございます」

何なのだろう。長月さんはちらちらと俺を見ながら話をする。

その真剣な目つきに俺の心臓もどきどきと鳴りだした。ヤバイ状態になっているということがだんだん実感としてしみこんでくる。

受話器を下ろした長月さんは、固めてあるはずの前髪をかきあげて、まっすぐに俺に向き直った。

ボリスに日本語で喋ることを断ってから改めて口を開く。

「外務省からウズベクに渡航禁止令が出たよ」

「……渡航禁止令？」

「ウズベクに入国するなと言うことだね。ついでに、僕たち在留邦人のほうにも陸路での国境通過禁止。ウズベクの状況が収まるまでは極力、職場と宿泊先以外の外出禁止」

「え?」

「と言うわけで、ボリス、日高君のウズベクの訪問先に電話して。ウズベク行きはキャンセルだ。僕は本社に電話を入れる」

厳しい口調だった。

「わかりました。ヒダカサン、先方の名刺をください」

「え、渡航禁止って……ウズベクでの乗り換えはどうなるんですか? 僕は、ウズベクのタシケント経由で帰国する予定なんですけど」

「トランジットももちろん禁止。空港なんて一番危険な場所だよ。もしかしたらもう占拠されてるかもね」

「ということは、帰れないってことですか?」

そう、と長月さんは短く告げた。

「タシケント経由では帰れない。渡航禁止令が解除されるまで、とりあえず日高君はここに足止めだね」

ふう、と長月さんがため息をついた。

「まあとりあえず、出発が明日でよかったよ。ぎりぎりでセーフだったね。現地に行っているときに武装蜂起なんかが起きたらしゃれにならない」

本当だ。今更ながらぞっとする。

「……そうですね」

「ヒダカサン」

ウズベクの訪問先に電話していたボリスが強張《こわば》った表情で受話器を下ろす。

「都市計画局って、大統領府ですよね」

「そうだけど」

「ウズベク大統領府は、武装勢力に占拠されてます。革命軍が電話に出ました」

「え？」

ぞっとした。本当に革命なのだ。

振り返った長月さんも、顔をしかめている。

「思った以上に深刻だな。とりあえず僕は本社に電話するけど、何か伝言は？」

「特には。……あ」

「なに？」

ダイヤルしかけていた長月さんが顔を上げる。

「いえ、あ、と、部長とお話しするのでしたら、最後に変わってください。ホテルからフラットに移動していいか許可を貰《もら》おうと思うので」

フラットは、現地で言う家具家財付きのアパートのことだ。

にやりと長月さんが笑った。

「よろしい。いい判断だ。さすが海外営業だね」

思いがけない褒め言葉にどきりとする。

「もしここに革命が飛び火した場合、外国人用のホテルは標的になりやすいからね。一般の市民に交じったほうが安全だ」

「それに、長期滞在になるんでしたら、ホテルに連泊なんて贅沢《ぜいたく》してられないし。外貨は確保しておかないと。街中に部屋を探せますか」

長月さんは俺の目を見て満足げに笑った。

「合格。君が言い出さなくても、僕のほうからフラットへの移動をさせるところだった。事業部長には僕から話すよ。部屋は探してみるけど、もしなければ僕のところに来ればいい。幸い、ベッドルームは二つある」

「え……?」

「嫌?」

返事に一瞬戸惑う。

「長月さんは? 迷惑じゃないんですか?」

「僕はまったく構わないけど。日高君さえ良ければね」

即座に返ってきたその言葉に気が重くなる。

この長月さんと、仕事以外の時間も一緒にいなくちゃいけないわけ?

「いえ、大丈夫です。もし部屋が見つからなかったらお願いします」

頭を下げながら、俺は部屋が見つかることを本気で願った。


だけど、ひとつ物事がつまずくと、その他も一緒に転ぶらしい。

結局部屋は見つからず、俺はその日のうちに長月さんのフラットに転がり込むことになった。

共産主義時代から建っている集合住宅の四階。ベッドルームがひとつ、リビング、キッチン、トイレとバスルームの標準的なつくりだ。長月さんはベッドルームが二つあると言ったが、正確にはそうではなく、リビングのソファーが頑丈なソファーベッドだという意味だと俺は部屋に行ってから知った。

「じゃあ、日高君はベッドルームを使って」

「いえ、僕はソファーベッドでいいですよ。長月さん、ちゃんとベッド使ってください」

焦って言えば、長月さんは少し眉《まゆ》を寄せて笑った。

「僕はリビングがいいんだよ。テレビがあるからね。衛星ニュースも見られるし。それに、見てごらん。こっちのソファーベッドは日本の比じゃないよ。本当のベッドと区別がつかないくらいしっかりしてるから」

言われるままにベッドの形にしたそれに触れると、本当にがっしりしている。スプリングも効いているし、どこが折れ目か分からないくらい平らだ。

「こっちの人の標準的な生活だよ。昼間はリビング、夜はベッドルーム。共産圏住宅は、どれだけ家族が多くても二部屋のものしか提供されなかったからね。だから、ソファーベッドはかなり進化しているんだよ」

「……分かりました」

「悪いね、もしテレビが見たかったら遠慮なくこっちにおいで」

「はい」

返事はするものの、俺は行くつもりはない。

誰かのプライベートな場所に俺は踏み込みたくない。それは俺自身が、自分のプライベートスペースに他人に入ってこられたくないからだ。入ってこられたくないから入らない。俺はいつもそうしている。

ベッドルームに入ってドアを振り返り、俺はほっと息をつく。ちゃんと鍵がかかるつくりだった。

静かに鍵をかけて、俺はベッドに転がった。

大の字になって天井を見上げる。凝った意匠のガラスのシャンデリアが複雑なプリズムを天井に映し出している。

全身で息を吸ってゆっくりと吐けば、じんわりと体に痺《しび》れが広がる。体がマットレスに沈みこむような気がする。

怒濤《どとう》のような二日間に、体も心もかなり疲れていた。

夜行便でついた早々、妙な長月さんに振り回されて、挙句の果てには隣国の暴動。ウズベク、カザフ行きがキャンセルになり、それどころか日本にすら帰れなくなった。

街の雰囲気にびくびくしながらの部屋探し。人がたむろっているのを見るたびに革命の前兆かとどきりとする。だけどそれは野菜売りのまわりに集まっている人だったりしたのだけど。

慌《あわただ》しくチェックアウトしてフラットに移動。

――ずっと長月さんと一緒だった。

一挙一動に敏感になっている自分を感じる。何を考えているのか見当もつかない。

瞼《まぶた》が落ちていく。

……ああ、ウズベク行きとカザフ行きがなくなったなら、今週の予定が全部消えたな……。明日からどうしよう。どのくらいここに足止めされるんだろう。持ってきたドルがなくなるまでに帰れるんだろうか……。

明日。明日。新しいアポイントでも探せるだろうか。でも、コネもないし……。外務省から連絡入れてもらわないと大臣クラスとは面会できないし……。

……明日。仕事を作らなくちゃ。

3

だけどそんな心配はいらなかった。

どうせ時間は山ほどあるのだから、こっちの職場を案内するよと長月さんが言い出したのだ。

長月さんは、世界銀行の地域開発プロジェクトで地理情報システムの専門家として赴任している。三ヶ月の赴任期間のうち二ヶ月が過ぎたところだ。

そのため長月さんの仕事場も、国家地図院の建物の一室だ。

長月さんの仕事は、他の専門家が作成した成果をデジタル化して一元管理し、施設管理からシミュレーションまで行う総合システムを作成すること。生半可《なまはんか》な知識では出来ない。

案内してもらった作業場には、色の変わった紙の地形図と最新型のコンピューターの画面が溢れていた。古いものと新しいものとの融合を感じさせる。

だけど俺を感心させたのは、それらの複雑な業務を現地人のスタッフを使ってハンドリングしていることではなく、そこに見事に溶け込んでいる長月さんの姿勢だった。

長月さんが顔を見せた途端に、スタッフがにこりと笑う。

「ナガツキサン」

図面を広げたスタッフが待ち構えたように、親しげな口調で長月さんを呼ぶ。

「やあレオニッド。なにかあった?」

長月さんが歩み寄る。

その後ろに当然のようにボリスが続く。

俺はボリスがいつでも長月さんの後ろによりそっていることに気付いていた。ボリスは長月さんの英語を、会話を邪魔しない絶妙なタイミングでロシア語に訳す。まるでテレパシーで通じ合っているパートナーのように。

「うん、なるほどね。そこは新コードを作ろう。新コード作成の許可を長官に貰《もら》ってくるから、それまでは保留にしておいてください」

「ナガツキサン、私も質問があるんです」

「どうぞ」

ひとつ答えた途端に次の質問が飛んできて、長月さんはにっこりと笑って振り返る。

いつの間にか、長月さんとボリスの周りにほとんどの作業員が集まっていた。

かれら全てが質問するわけじゃない。でも、長月さんが出す作業指示を聞き漏らすまいとしているのだ。誰もが真剣な表情をしている。心地よい緊張が室内に満ちていた。

どの質問にも長月さんは的確に答えを出していく。

時折冗談でも交じるのだろう。笑いが弾《はじ》ける。

それを俺は一歩離れて見ながら、すごく複雑な気分になっていた。

日本での長月さんとあまりに違いすぎる。

自分が冷たい対応をされていたぶん、なおさら納得がいかない。

あの人格欠格者のような長月さんは何だったのだろう。ここにいるのは、それとは百八十度逆のような、どこから見ても非の打ちどころがない立派な大人だ。人当たりも責任感も最上級の人間に見えた。

「ああそうだ」

突然振り返られて、はっとして背筋を伸ばす。

「みんなにも紹介しておくよ。営業の日高君だ。しばらく滞在することになるだろうから、よろしく」

ぽんと背中を叩かれて慌てて「よろしくお願いします」と頭を下げる。

「ヒデャカサン？」

現場の主任を務めていると思われる女性が不思議な言葉を口にする。

一瞬戸惑ってから、自分の名前だと気付く。

「いや、ヒダカです」

「ヒデャ、ヒデャカ?」

長月さんが苦笑する。

「発音が難しいらしいね。下の名前は圭二だったよね。ケイジと呼ばせてもいいかな」

「あ、どうぞ」

彼が俺の下の名前まで覚えていることに驚く。

「ヒダカが難しかったらケイジでもいいって」

「だったら、ケイのほうが簡単でいいわ」

「……ケイでいいです」

「よし、ケイだ」

ぽんと肩を叩かれる。

ボリスと目が合う。彼は目を細めて笑って小さく肩を竦めた。

「なに?」

小声で問いかける。

「さすがミスターナガツキだと思ってただけです。これでヒダカサンはもうここに溶け込んだでしょ」

思わず口を閉じる。

「長月さんは、……いつもこういう風なの」

「そうですよ。僕は何回も日本のプロジェクトの通訳をしてますけど、ナガツキサンはかなりお上手なほうですね。彼の下だと、現地人とのトラブルがほとんどなくて助かります」

「そうなんだ」

「ヒダカサンはいいボスを持ってラッキーですね」

ボリスの裏のないその言葉と笑顔に、俺は咄嗟には素直に頷《うなず》くことはできなかった。

だって、俺の頭に染み付いている長月さんとあまりにも違いすぎるから。

どれだけ笑いかけられても、俺は日本で向けられた長月さんの冷たい視線を忘れることはできない。

俺は、この長月さんに慣れた瞬間に「だから君は甘いんだよ」と鋭いナイフで切り裂かれそうな気がしてならなかった。


コンコンとドアが叩かれる。

ベッドに転がって今日の日報をつけていた俺は慌てて体を起こした。

「日高君、起きてる？」

「起きてます」

「ＮＨＫの衛星放送でウズベクのニュースを流してるよ。見る？」

「見ます！」

俺はベッドから飛び降りた。

鍵を開けて部屋から出る。

先にリビングに戻った長月さんは、ベッドの状態にしたソファーベッドの上であぐらをかいてテレビに見入っていた。

リラックスしたチノパンと白いTシャツ。シャワーを浴びたての髪がまだ湿っている。

俺はテレビの前の床に腰を下ろしてベッドに寄りかかった。

「ベッドに乗ったら？　楽だよ」

「いえ、こっちで大丈夫です」

ベッドには乗らない。そこはプライベートスペースだ。

ニュースでは、ウズベキスタンでの革命の映像を流していた。隠しカメラで撮ったのだろう。ひどく揺れる映像に、投石する群集の姿が映っていた。

視界が動く。戦車。兵隊。博物館のような大きな建物の向こうで立ち上る黒煙。

「……本格的ですね」

「そうだね。まあ、中央アジアは火薬庫みたいなもんだからね。とうとう起きたかという感じだね」

「火薬庫？」

「ソ連から独立して十四年、そのあいだ、ここの五つの国では独立当事から大統領が一人も代わっていないんだよ」

「独立の英雄だからじゃないんですか？」

「最初はそうだったね。でも、今じゃ独裁者だ。知ってるかい、カザフスタンでは大統領の四年の任期が終了する前の月に、大統領令で法律が変わり、任期が四年延びたんだよ」

「そんな無茶な」

「それが出来るくらい独裁ってことだよ」

唖然《あぜん》とする。信じられない。

あとは、と長月さんが言葉を繋げる。

「ソ連から独立して、共産主義から民主主義になった。共産主義時代にはひたすら平等だったものが競争社会になって貧富の差が生じ、それはどんどん大きくなっていく。まあ当然の流れなんだけどね、極貧層は納得できないよね。しかも、その恩恵をこうむっている大富豪の一角に大統領はいるわけだし」

分かりやすい言葉で長月さんはゆっくりと説明する。

「そういう不満が十四年分たまってるんだよ、この辺りの国には。だから、一箇所で革命が起きれば、残りの四つの国のどこに波及しても不思議じゃないんだ。状況は同じなんだから」

気がつけばニュースは日本国内の出来事に移っていた。

「え、もう終わりですか？」

「まあ、日本はこんなもんだよ」

長月さんはチャンネルを変える。

「BBCのニュースがそろそろ始まるかな」

流暢《りゅうちょう》な英語が耳に流れ込んでくる。でもニュースの雰囲気ではない。

「討論番組だ。まあ、いまにやるだろ」

長月さんはベッドの上にリモコンを投げて伸びをした。

「じゃあ、僕は部屋に戻ります」

立ち上がろうとすれば、長月さんは「まあそんなにそそくさと帰らなくても」と苦笑する。

「ワインがあるんだよ、BBCニュースが始まるまで飲んでいけば？」

「いえ。あまりお酒に強くないんで」

うそだ。実はむちゃくちゃ強い。大学時代にはザルと言われた。

だけど、そんな俺の言葉なんか軽く無視して、長月さんはベッドを降りて台所に向かってしまう。そうなると帰るわけにもいかなくなって、俺は膝立ちのままその後ろ姿を見つめた。

戸惑う。

ため息すら漏れそうになる。俺は早速、この部屋に引っ越してきたことを後悔していた。

これだったら、街中の現地人用のペンションにでも泊まったほうがマシだったかもしれない。

長月さんが赤ワインの入ったグラスを二つ持って戻ってくる。

「立ってないで座ったらいいのに」

自分はベッドに腰掛けながら俺にグラスを手渡す。

それを受け取りながら、俺はまた床に座った。

「どうしてベッドに座らないの」

「床が好きなんで。ベッドにも寄りかかれますし」

思いがけずぶっきらぼうな言い方になったことに自分ではっとする。

案の定、長月さんの「日高君、怒ってる？」という少し笑ったような言葉が耳に入った。

しまったと思いながら思わず見上げれば、長月さんは目を細めて苦笑していた。

「怒ってません」

「嘘《うそ》だね。不機嫌になってる。まあ、強引にこの部屋に連れてきた僕も悪いから」

「いえ。こっちこそ転がり込んですみませんでした」

「だから怒らないっていうわけ？　そんなんじゃ疲れるよ、お互いに」

もう既に疲れてます、とつい言いたくなる。

「とりあえず飲もうか。キルギスワインだよ」

「そうですね」

近づけられたグラスに自分のグラスをカチンとあわせて、少し口にする。

甘い。砂糖が入っているようなその甘みに思わず動きを止めてしまった。

「ハウスワインですか？」

「違うよ。キルギスワインは甘いものも多いんだよ。でも、度数はけっこう高いから気をつけて。こういうのは嫌い？」

「いえ、驚いただけです。辛いよりは甘いほうが好きです」

くすりと長月さんは笑った。

その笑顔にちょっとどきりとする。

「よかった。おかわりもあるから、よかったらどうぞ」

「……ありがとうございます」

ベッドに背をもたせかけて俺は改めてグラスに口をつけた。テレビに向きなおって、上目遣いに画面を見る。まだニュースは始まらない。

長月さんの膝がすぐ隣にある。

俺はグラスに唇を触れさせたまま、ちびちびとワインを飲んだ。

討論はどんどん激しくなる。とても聞き取れない早口の英語が続く。

俺はふと、テレビの横の窓ガラスに自分たちの姿が映っていることに気付いた。サテンのカーテンの向こうに二人分の影が見える。

長月さんの顔はかすかにうつむいて、床に座る俺に向いていた。

表情を見ようと目を凝らし、俺は思わず息を詰めた。

柔らかい目をしていた。温かい瞳。

心臓がどきりと跳ねて、首筋がかっと熱くなる。

鼓動が激しくなって踊りだした。

——どうしてこんな目で見るんだろう。

睨まれているかもしれないと思ったのに。それなのに。

なぜか、顔が上げられなかった。

部屋の中には、激昂《げっこう》した早口のイギリス英語だけがかすかに響く。

「日高君はさ」

ぎくりとした。

「はい」

「少し癖のある英語を喋るね。オーストラリアなまりかな」

「え？」

つい顔を上げたら、見おろしていた長月さんと目が合う。

長月さんは当たりだろう、というように俺を見て少し笑った。

「どうして分かるんですか。僕はオーストラリアからの帰国子女なんです」

「聞き覚えのある英語だったからね。俺のオヤジがそういう英語を喋ったんだよ」

「長月さんのお父さんですか？」

「そう、商社マンで、ずっとオーストラリアに単身赴任してた」

「え？　いつごろですか？　どこの街に？　もしかして現地でお会いしてるかもしれないですね」

「パース」

長月さんは短く答える。

「じゃあ会ってないや。僕はメルボルンですから」

俺は、思わず起こしてしまった体を再びベッドに寄りかからせた。

「日高君はどうして海外を希望したの」

思わず見上げてしまう。どうして海外営業を希望したことを知っているのだろうか。確かに、営業部に配属されるときに希望を聞かれて、国内より海外がいいと俺は言った。

疑問が顔に表れてしまっていたのか、長月さんは俺を見おろしたまま、また笑った。

「知ってるよ。技術系社員として入社してきたのに、その愛想のよさを買われて営業部に配属になったこともね。そのとき海外を希望したことも」

俺はつい目を逸《そ》らした。

「やっぱり、父の影響です。僕は小学校四年でメルボルンから戻ってきましたけど、父はそのままずっと現地で仕事してますから」

「お父さんを尊敬してる？」

「してますね」

即座に答える。

それははっきりと言える。俺は父を尊敬している。

現地にいるとき、何度か父の工場に行った。工場長として現地人に指示している父を、小学生だった俺は単純にかっこいいと思った。父をひとり残して日本に帰ってからも、一時帰国する父から現地の話を聞くのが好きだった。

「反抗期とかはなかったの」

「なかったんです。反抗できるほどそばにいなかったから。一年に一回帰ってくるか来ないかだったんで、反抗する機会を逸しました。それに、今思えば母が上手かったんですよ。僕と兄に、絶対に父の悪口を言わなかったんです。いいことしか言わなかったし、どれだけ遠くにいても重要な決定は父に最終判断を仰いでたし。だから僕たち兄弟は完全に父親っ子ですね」

つい長く喋ってしまったことに気付いて慌てて話を切る。

ふう、と長月さんがため息をつくのが聞こえた。

「亭主元気で留守がいい、じゃなかったわけだ」

「まあ、そうですね」

「俺は反抗したよ」

「え？」

長月さんを見上げる。

長月さんはどこか痛そうな顔をして窓の方向を見ていた。

「日高君のところと状況はほとんど一緒なんだけどね、父はパースからほとんど帰ってこなかったし。だけど俺は反抗した。高校大学時代は、父が帰ってきてもほとんど口をきかなかった」

どう答えていいか困る。

「でも、高校大学時代ってことは今はそうでもないんですよね。ほら、反抗期が終わると大抵仲良くなるって言うし」

「反抗期が終わる前に、死んだんだ。現地で」

言葉を失う。

長月さんは、あぐらをかいた膝の上に腕をついて、その手の上に顎《あご》を乗せていた。視線は窓の外に向いたままだ。

俺は口元を引き締めたその顔を下から見上げる。

「日高君みたいな息子だったらオヤジも幸せだったんだろうな」

何を言えばいいのか本当に分からない。

長月さんは黙ったままだ。目元に影を落とす睫毛《まつげ》がかすかに揺れた。

「……でも」

思わず声に出してしまって、途端に後悔する。こんなこと、俺が言っていいことじゃない。

——だけど。

長月さんが俺を見る。まっすぐに。不思議な色の瞳だと思った。

唇を噛《か》む。開きなおって口を開く。

「でも、長月さんは今、こうやって海外で仕事してます。それって、お父さんの影響なんじゃないですか？　僕には、日本の長月さんよりもこっちの長月さんのほうが生き生きして見えます」

首筋に汗がわく。

「どう言っていいのか分からないけど、……それって、長月さんがお父さんのことを認めたからじゃないんですか」

長月さんが俺を見おろしたまま眉をひそめる。

言ってはいけないことを言ったかもしれないと今更のように思う。だけど、一度口から出た言葉は止まらない。

「きっと、長月さんのお父さんも分かってくれてると思います。息子が、自分と同じように海外で仕事してるのを見て、生き生きと仕事してるのを見て、嬉《うれ》しく思ってると思います」

言い切って唇を噛む。

顔を伏せる。勝手なことを言った。たちまち後悔する。

ふう、と長月さんがため息をつく。

「そうかな」

ポツリとつぶやく声が聞こえた。

でも、その声は疑問形には聞こえなかった。

目だけでそっと長月さんを見上げる。長月さんは天井を見上げていた。

「そうだといいけど」

かすかな声にどきりとする。

「……勝手なこと言ってごめんなさい……！」

思わずうつむいた俺の頭に、ぽんと手が置かれる。

ぎくりと震えた俺の耳に「ありがとう」と長月さんの声が届く。

「日高君は、いい子だな。……やさしいな」

見上げた長月さんはかすかに眉を寄せて、でも俺を見て笑っていた。

その顔にどきりとする。唐突に胸が痛くなる。

「飲もうか」

長月さんは手の甲で目をこすってグラスを上げた。明るく、でも少し顔をしかめて笑う。

その顔にほっとして、「そうですね」と俺もあえて笑ってグラスを持ち上げた。

「ワインをボトルごと持ってくるよ」

長月さんはするりとベッドを降りた。


「長月さん、信じられない！」

「……そう言うなよ、日高君……」

翌朝、長月さんはベッドに突っ伏したまま起きられなかった。

「アルコールに弱いなら弱いで自分で制限してください。僕は長月さんに強制なんかしていませんからね」

「……分かってるよ。……そういう君もずいぶん強いね。強くないとか言ってたくせに」

枕を抱えたまま長月さんがうめく。

「ああ。吐くならこっちのバケツに吐いてください。絶対にベッドに吐かないでくださいね」

「……分かってる……」

あのあと、二人で二本のワインを空けてしまったのだ。最初に飲みに誘ったのは長月さんだったし、ぱかぱかとグラスを飲み干していたからきっと強いのだろうと思っていたのに。

ベッドの脇に立ってため息をつく。

「長月さん、今日のアポイントは？」

「ないはず……。ボリスが把握してる」

「じゃあ今日はもう寝ててください。いいですか」

長月さんが声もなく頷く。

「水、枕元においておきますから。となりに頭痛薬。聞こえてます？」

うめき声で返事が返ってくる。

「それじゃ、事務所に行ってきます」

静かにドアを閉めて部屋を出る。

階段を駆け下りながら時計を見る。きっともうボリスは下で待っている。

呆れる気持ちを満杯に胸に詰め込んで、俺は足音も荒く階段を駆け下りた。

いい大人のくせして一体なんなんだと本気で呆れる。外せないアポイントが入っていたらどうするつもりだったのだろうか。

だけど、昼食に出たついでにパンとヨーグルトを買って戻ろうと俺は思っていた。きっとその頃には吐き終えてるだろうから。何か腹に入れたほうがいい。

呆れるけれど、世話が焼けるけど、だけど、長月さんに対する苦手意識はあっさりと薄まっていた。

憎めない。……そう、憎めないのだ。

昨日までは冷たい長月さんのほうがマシだと思っていたけど、今は、昨晩の長月さんのほうに親しみが湧《わ》いていた。

俺はフラット前の道路をボリスとの待ち合わせ場所に向かって走りながら、少し笑った。

4

「ケイ」

コンコンとドアを叩かれて、俺はＰＣに向かっていた顔を上げた。

レオニッドが事務所の入り口で扉に手を突いて立っていた。

「ナガツキサンはいない？」

「日本大使館に行ってるよ」

んー、とレオニッドは眉を寄せる。

「何かトラブル発生？」

レオニッドは、英語が話せる数少ないスタッフの一人だ。通訳のボリスほど堪能《たんのう》ではないけど、日常会話くらいならこなせる。性格もあっけらかんとしていて愛嬌《あいきょう》がある。歳が近いこともあって、俺は一番最初に彼と親しくなった。

「大使館だから呼び出すことはできないけど、来たらすぐにそっちに行くように伝えるよ。それじゃ遅い？」

「作業が止まっちゃうな。スクリプトを見てもらいたかったんだけど」

スクリプトという言葉に引っかかる。

「スクリプト？　ジオインフォの？」

「そう」

「俺が見ようか」

「ケイが？　スクリプト読めるの？」

読めるよ、と俺は立ち上がった。

「大学でやってたんだ。新規に書くことはできないけど、読解して手を入れることなら多分できる」

「ケイって営業じゃないの？」

「営業だけどね」

事務所の鍵を閉める俺を、レオニッドが愛嬌《あいきょう》のある垂れ目を丸くして見ていた。

三階の作業部屋に顔を出せば「ハイ、ケイ」と女性スタッフが手を振る。

男性スタッフはわざわざ立ち上がって握手をしに来る。

「おはよう、ケイ」

右手で握手をしたまま左手で互いの肩を軽く抱く。これがこっちの一般的な男性どうしの挨拶だ。最初は戸惑ったけど今はもう慣れた。

もっと親しくなると、胸を合わせて完全に抱き合う状態になる。親友ともなれば抱き合うだけでなく、互いの頬《ほお》を交互にすり合わせて背中を撫《な》でる。異性とは言葉だけで絶対に手も触れないのと対照的だ。

その挨拶を全ての男性スタッフと交わして、ようやく本題に入ることが出来る。

「レオニッド、あのPC？」

一番奥の、サーバーPCに、見慣れたプログラム画面が開きっぱなしになっていた。

「そう。ループして止まらなくなるんだ」

「これって、このあいだ長月さんが作ったプログラムだよね。そのあと誰か書き換えたの？」

「いじってはいないんだけどね。昨晩、業者から差込みプログラムが届いたんだよ。それを組み込んだらループするようになっちゃって。キーも気をつけて書き換えたんだけど……」

「んー。ちょっと見てみるね」

ジオインフォはいまや世界標準になっている地理情報システムのひとつだ。ほとんどの言語バージョンを発売し、たいていの主要都市にサポートセンターを置いている。どんな解析も出来るというのが売りで、国によっては、政府が全面的にジオインフォでシステムを組み立てている場合もある。キルギスもそうだ。

ただ、ジオインフォにはひとつだけ弱点がある。一般の開発言語に対応していないのだ。どんな難解な解析でも可能な柔軟性の裏には、すさまじく奥の深いプログラムがあって、それを可能にするには独自の言語を作成するしかなかったらしい。

それがまた難解だときている。ジオインフォマスターという国際資格があるくらいだ。ジオインフォマスターは日本国内に十数人、うちの会社にも一人しかいない。

俺は大学で基礎コースを少しかじった。この会社の入社試験を受けたのも、実はジオインフォを使用したプロジェクトの経歴があったことに惹《ひ》かれたからだ。

結局は営業部に配属になって実務とは離れてしまったんだけど、基本は覚えてる。忘れられない。そのくらい熱中した作業だった。

「分かる？」

俺の座る椅子の背に肘をついて、レオニッドが覗き込む。

「んー、ちょっと書き換えてみた。レオニッド、テストに使えるデータある？」

「一個上のディレクトリのデータを使っていいよ」

「了解」

コンパイル。実行。数秒動いてからループにはまる。

「ほら。ループだ。さっきもこうだったんだ」

「んー。なるほどね」

もう一度プログラム画面を開いて、今度はダミーループをわざと作成する。

保存、コンパイル。実行。

「まだループしてるよ。やっぱりナガツキサンじゃないとだめかな」

レオニッドがため息をつく。

「今のはわざとループさせたからいいんだ。これでループの位置が分かったよ」

「分かったの？」

「うん」

カタカタとキーボードを叩いて書き換える。

レオニッドもさすがプログラマーだ。キーボードを叩いている間だけは、おしゃべりな彼も黙っていてくれる。一文字のミスが全てを壊すことを知っている。

「よし、コンパイル」

ふうと息をついてクリックすれば、レオニッドが感心したように「キータッチ早いな」と言う。

「だから、やってたんだってば」

コンパイル完了、実行。

「そこまでできるのに、どうしてセールスマンなんかしてるの。エンジニアになればいいのに」

「配属が営業だったからね。……よし、ループ通過！」

「お、やった！」

レオニッドが伸び上がって大きな声を上げる。

だけど、今度はエラーメッセージが出て処理が止まる。

「と、思ったら、正常終了してないよ、まったく」

「いやいや、ループを解消しただけで大したもんだよ。ケイ」

「まあね、あと一息だ。……ほんとだ、単純ミスだ。ここでこのデータを消しちゃいけないよな。よし」

コンパイル。今度こそ動くことを願って実行。

「よっしゃ、正常終了！」

「すごいじゃん、ケイ」

「あとは、出力データを確認して、パラメーターの調整をお願い。そこは俺はまったく分からないから」

椅子を引けば、レオニッドが「すごいよ！」と俺の手を握って振る。

「ケイがスクリプトを読めるなんて思わなかった。俺もスクリプトを勉強したいんだ。教えてくれよ！」

興奮した様子のレオニッドに、何事かと他のスタッフが寄ってくる。レオニッドが早口のロシア語で伝えながら俺の肩を抱く。

「すごいじゃない、ケイ」

ソーニャさんが驚いた顔をする。

「ただの営業さんだと思っていたのに、ＰＣも出来るのね。しかも、ジオインフォのスクリプトを書けるなんて、信じられないわ」

「書けないですよ、手を入れただけです」

苦笑して手を振る。

「それでも構わないよ、スクリプトの基礎を教えてくれ。ケイ」

なおも言い募《つの》るレオニッドに「スクリプトなら長月さんのほうが詳しいよ、プログラミングの専門だし。長月さんに聞いてみたら？」と答える。長月さんみたいに専門の人がいる前で教えるなんてとんでもない。

レオニッドは途端にしょんぼりした顔をする。

「ナガツキサンはさすがに恐れ多くて……。それにいつも忙しそうだし」

「――本当に基礎しか教えられないよ？　それでもいいなら」

「ありがとう！　ケイ」

レオニッドが俺の首に抱きついた。

「聞いたよ、スクリプトを直したんだって？」

ボリスが用事で事務所を出た直後に長月さんに言われて、俺はぎくりとして顔を上げた。

俺の机に手を突いた長月さんは、にっこりと笑う。

「そんなに難しいエラーじゃなかったんで……」

「で、レオニッドにプログラムを教えることになったとか」

「す、すみません！　長月さんがいるのに勝手なことして！　あの、一度は断ったんですけど！」

聞いてるよ、と長月さんはおかしそうに笑った。

「レオニッドが、自分が無理に頼み込んだと僕に言ってきたよ。だから、ケイの時間を借りるかもしれないけどすみません、って」

「すみません！　長月さんに教わったほうがいいって言ったんですけど」

「いや、僕はちょっと忙しくてそこまで手が回らないから助かったよ」

「……怒ってないんですか？」

「どうして？」

長月さんは目を細めて笑って肩を竦める。

「助かったよ。これで僕の仕事も手伝ってもらえる」

「え？」

「どうしてスクリプトが読めるって言わなかったの？　聞いていれば最初から仕事を回したのに。業者から納品されてきた差込みプログラムの検証がけっこう大変なんだよね。手伝ってもらえるね？」

有無を言わさない口調に、思わず身を逸らす。

怒ってる。きっと怒ってる。顔は笑ってても目が笑ってない。

「……長月さん、怒ってるでしょ」

「怒ってないよ」

「顔が笑ってません。怒ってます」

「怒ってるとしたら、僕が検証でてんてこ舞いになっていることを知りながら、スクリプトを読めることを隠してたことだね」

「だって、専門家の長月さんに読めますなんて言えっこないじゃないですか！　それに、そもそもてんてこ舞いになったのだって、長月さんが二日酔いで一日半も寝込んだからで……」

「君も結構言うね」

はっとして口を閉じる。

言い過ぎたと思わず口を押さえる俺の肩に、長月さんはぽんと手を置いた。

「まあ、無理にとは言わないよ。ただ、手伝ってもらえると本当に嬉しいんだけどね」

穏やかな口調に戻っていた。嬉しい、という言葉にぴくりと反応する。

手伝えば、長月さんは嬉しいと思ってくれるのだろうか。

それに、……堂々とジオインフォを触れるのだろうか。わくわくする気持ちが湧き上がる。

「期待はずれだったらごめんなさい。それでもよければ」

見上げれば、長月さんは眉を寄せて笑っていた。優しそうなその表情にほっとする。

「簡単な検証から始めてもらうから大丈夫。ありがとう、助かるよ」

長月さんが俺の肩をぽんと叩く。

その笑顔は本物だった。俺は、ようやくほっとして少し笑う。

長月さんは俺に背を向けて自分の席に戻る。

「それにしても、日高君がスクリプトを読めたとはね。貴重なジオインフォ対応者をどうして営業部に配属したんだか」

その言葉に、高揚してた気持ちが一気に硬くなる。

かちんときた。まただ。技術者はたいてい営業職を馬鹿にしてる。

長月さんもそんなたぐいの技術者なんだと知って、俺はがっかりすると同時にむかっ腹が立った。長月さんを見上げた顔は、きっと苛立《いらだ》っていただろう。

「さっき、レオニッドとかソーニャさんもそんなこと言ってましたけど、営業だって面白いんですよ」

長月さんは、少し驚いたような顔をして俺を振り返り、数秒見つめてからくすりと笑って「ごめん」と言った。

「営業をしている人に言う言葉じゃなかったね」

「じゃあ、技術の人との間ではそういうことを話すんですか」

いっそうむっとして声まで荒げてしまった俺に、長月さんは困ったように笑った。

「嚙み付くなよ。そういう意味じゃないよ」

「そういう風に聞こえます。大体ですね、僕たち営業が仕事を取ってこないと何も始まらないんですよ。そりゃ、低価格で技術に迷惑をかけている物件もありますけど……」

「ストップストップ」

長月さんが両手を顔の前に出して苦笑する。

「それは分かってるよ。僕も少しは営業をかじってるからね。だけど、今は本当にジオインフォ技術者不足だから、日高君が技術スタッフで入ってくれたらどれだけジオインフォ室が楽になるかと思っただけなんだよ」

「誰でも出来る営業なんかより?」

「だからそう嚙み付くなって」

長月さんが困った顔をする。

だけど言葉は止まらない。

「僕は営業にプライドを持ってます。僕にしか出来ない営業をしたいと思ってます。日高だから作れたと言ってもらえるようなプロジェクトを、いつか作りたいと思ってます」

俺がジオインフォが扱えると知ると、誰もが「どうして営業なんかに」と言う。「もったいないね」と言う。そのたびに笑顔で押し殺してきて積もった鬱屈《うっくつ》を、俺は長月さんにぶつけてしまっていた。

「分かった分かった」

「営業だって……」

がちゃりとドアが開いて、俺は言葉を飲み込んだ。

文房具を抱えて戻ってきたボリスがきょとんとした顔で俺たちを見る。

「おかえり」

長月さんがボリスに笑う。

俺は、ほうっと息を吐いた。一気に頭が冷えた。

「……すみません」

「いや、構わないよ」

長月さんは苦笑して俺の肩をぽんと叩いた。

「僕のほうも考えなしの言い方をしたね。悪かったよ」

見上げた長月さんは苦笑気味に笑っていた。怒っている顔ではなかった。俺にひとつ頷いてボリスに向かう。

「ボリス、幾らかかった？」

ボリスから領収書とおつりを受け取る長月さんの後ろ姿を俺は突っ立って見つめていた。

心臓がどきどきしていた。たちまち湧き上がった後悔に額を抑える。

自分が信じられない。こんなことを他人に言うなんて。しかも上司に。

——だけど。

俺は、長月さんが怒らないで俺の言葉を聞いてくれることを、どうしてか分かっていたような気がする。だからきっと、こんなことが言えてしまったんだ。

ボリスと談笑する長月さんを、俺は黙って見つめた。

日本での冷たい長月さんが思い出せなくなっていることに俺は気付いた。

5

「コマンド……。なんかそんなコマンドがあったと思うんだけど……どう書いたっけ」

その夜、俺は早速自分のＰＣの画面を見つめて頭を抱えていた。

長月さんに頼まれた検証スクリプトを作成しているのだが、コマンドが浮かばないのだ。

命令文が浮かばない。大学時代に何度か使った動きなのに、それが思い出せない。

こうなると分かっていたら、あの頃使っていたアンチョコを持ってきたのに、ともどかしくなる。

「長月さんに聞くか」

俺はＰＣの電源ケーブルを抜いて立ち上がった。


リビングのドアをノックする。

「開いてるよ、どうぞ」

長月さんの声が聞こえた。

日本でいつも聞いていた声が硬い声だとすると、この声は柔らかくて自然に聞こえた。気負ってない楽な声。

「すみません、コマンドを教えてもらいたいんですけどいいですか」

覗き込めば、長月さんはベッドにあぐらをかいて座りながら、ウォッカグラスを傾けていた。膝のそばには、開いたまま伏せられた文庫本。カバーがかかっているから何の本かは分からない。

「また飲んでるんですか」

「少しね」

長月さんがグラスを持ち上げる。

こっちのウォッカグラスはおちょこ並に小さい。50ccも入れれば溢れるくらいのガラスのコップで、現地の人は乾杯のたびにそれを飲み干す。そしてそのあとに大量にチーズや野菜、チョコレートを食べる。

「ちゃんと食べながら飲んでくださいね。ウォッカだけ飲んでるとまた明日に響きますよ」

「まったく君は」

長月さんは俺を見上げて困ったように笑った。

「なんだか小姑《こじゅうと》がひとり増えたような気分だよ。失敗だったかな、ここに呼んだのは」

「ほどほどなら文句なんて言いません。しょっちゅう飲みすぎてるからですよ。ひとりで飲んで楽しいですか？」

「癖だね、海外に来ると飲まないと落ち着かないんだよ」

それじゃアルコール中毒ですよ、という言葉を飲み込んで、俺はため息だけをついた。

長月さんはそんな俺を見上げて少し笑うと、よいしょとベッドから下りた。

「さて、質問は？」

「あ、コマンドを忘れてしまったんで教えてもらいたいんですけど」

俺は、抱えていたノートPCをテレビの前の膝丈のローテーブルに置いた。

「どれ」

長月さんがPCの前にあぐらをかいて座る。俺はその隣に膝立ちになった。

「ここで、別ディレクトリのファイルを呼び出して、その中の特定文字を検索かけたいんですけど。DOSなら分かるんですけど、スクリプトでの記述方式を忘れてしまって」

「ふーん、なるほど」

長月さんはマウスをからからとスクロールして、俺が書いたスクリプトを眺めている。

俺は長月さんの表情をちらりと盗み見た。こんなものしか書けないのかとがっかりされそうで怖かったのだけど、長月さんに呆れた様子はない。少しほっとする。

「ここはね、日高くん」

「はい」

「この部分で手を入れるよりも、冒頭で作業スペースをそっちのディレクトリに切り替えちゃったほうがすっきりするよ」

「……あ」

本当だ。俺は目を瞬いた。

「分かる？」

「分かります。……本当だ」

「別ディレクトリを呼び出すコマンドはあるけどね、この場合は使わないほうがいい。ファイル数とか容量が大きいと、それだけで処理時間に影響する」

「はい」

俺は、目が覚めた思いでディスプレイを見つめていた。

言われてみれば簡単なことなんだけど、俺はそんなこと考えもしなかった。思わずため息がもれた。

「すごい初歩的なところですね。……だめだ俺」

「そうでもないよ」

長月さんの返事に顔を上げる。

長月さんはスクリプト上の数行をハイライトさせていた。

「ここなんかは面白い使い方してるね。いいと思うよ」

長月さんは俺を振り向いて微笑《ほほえ》む。

思いがけない褒め言葉に頬がかっと熱くなった。

「実務から五年も離れているのに、ここまで書けるとは思ってなかったよ。よく覚えてたね」

「……スクリプト書くのが好きだったんです。複雑で時間のかかる処理がボタンひとつで動くようになるのが楽しくて」

くすりと長月さんは笑った。左手を伸ばして俺の頭をくしゃりとなでる。

俺はぎょっとして思わず身を引いた。誰かに頭を撫でられたのなんて、記憶にないくらいの昔以来だ。

「ジオインフォ、好きだったんだな」

しみじみと長月さんは言った。

「……好きでした。だから、うちの会社を選んだんです。ジオインフォマスターがいるって書いてあったし」

つきんと胸が痛くなる。

そうだ、俺はジオインフォに恋してこの会社を選んだようなものだった。もっと大手の内定も貰っていたのに、ジオインフォの実績があるというだけでこっちに決めたのだ。

「ジオインフォマスターは甲斐君だね。じゃあ、配属希望はジオインフォ室だった？」

「いえ、その時はまだジオインフォ室はなかったんで」

「そっか。それで営業か。残念だったね」

俺はぐっと言葉に詰まった。

ジオインフォ室ができたのは、俺が入社した翌年だ。ジオインフォマスターの資格を持つ甲斐さんが室長、ジオインフォ経験者の星野《ほしの》さんがその下に配属になったのは納得だ。だけど、ジオインフォなんて触ったこともないその年の新入社員二人が配属になったと聞いたときは、正直言うと悔しくて堪《たま》らなかった。

入社二年目の俺が異動希望なんか出せるわけがない。運がなかったと諦めるしかなかった。

救いだったのは、海外営業部の先輩たちがみんないい人で、久しぶりの新人の俺を可愛がってくれていたことだ。この人たちを裏切りたくないと思えば、営業部にいる覚悟も保てた。

「でも」

俺は長月さんを見上げた。

それまでの気まずい沈黙を振り払うように、あえて笑う。

「海外営業もやってみればなかなか面白いんですよ。援助のネタをさがして、相手国をその気にさせて要請書を上げさせて、プロポーザル勝負をして。国内営業とは違うやりがいがあります」

「ジオインフォと比べた場合は？」

俺は、また言葉に詰まる。

それは俺には、すごく意地の悪い質問に聞こえた。唇をなめて口を開く。

「ちょっと、比べられません。ジオインフォのやりがいと、営業のやりがいは全く質が違います。営業は、億単位のプロジェクトを作ったという満足と、相手国にいいことをしたという嬉しさがあります。ジオインフォはそれに比べると動く金も少なくて、影響を与える先もさほど大きくなくて、どっちかといえば個人的な趣味みたいな色合いの楽しみが強くて」

ぐいと肩を引かれた。

長月さんの顔が近づく。

え？　と思った時には、長月さんの唇が俺の唇に触れていた。ウォッカの匂《にお》いが鼻に届く。顎を支えて深く唇を合わせられる。噛み付くようなそのキスに、思わず息をするのも忘れた。引き寄せられて、長月さんの胸に腕をつく。

「……な、がつきさん……！」

焦って思わず叫んだ次の瞬間、長月さんがわずかに身を離した。

「悪かった」

言いながら、肩に腕を回して抱きしめられる。強い力だった。どきりとする。

「可愛いことをいうから、つい」

「……かわいいって」

思わず絶句する。男の俺に向かって、信じられない言いようだと思った。

「可愛いよ、意地っ張り具合が」

「意地を張ってなんかいません」

少し間をおいて長月さんはくすりと笑った。全《すべ》てを察したような笑みに恥ずかしくなる。長月さんは体重をかけるようにして俺を抱きしめて、「いいよ」と耳元で囁《ささや》いた。

「ここにいる間にスクリプト作りを楽しめばいい」

優しい声に聞こえた。

俺の気持ちを何もかも見透かした言葉に、俺はもう何も言い返せず、ただ唇を噛んだ。

キスされた驚きよりもスクリプトが触れる興奮よりも、短いその言葉が染みて胸が痛くなった。

天井を見上げて目を閉じる。

目の奥が熱かった。

6

とはいえ、一晩明けてみると昨日《きのう》の夜のことがどうしようもなく自分を混乱させるのも本当のことで、俺は朝から一度も長月さんのことをまともに見られずにいた。

ボリスがいてくれるのが救いだ。

長月さんとボリスが話しているのを横目で見ながら、俺はぱちぱちとスクリプトを打ち込んでいた。

集中できない。ふっと意識が長月さんのほうに向かう。コマンドに意識を向けさせるのがこんなに難しいのは本当に久しぶりだった。

「あ」

またつづりをまちがえてる。

行を戻って書き換える。気付いたからいいけれど、気付かなかった単純ミスも絶対にあると思う。そのくらい上の空で俺はスクリプトを作っていた。

「日高くん」

呼びかけられてぎくりとする。

顔を上げればそこにボリスの姿はなく、長月さんがひとりで事務机の前に立っていた。

「そんなにびくびくしないでくれよ」

俺はそうとう感情を顔に出してしまっていたらしい。長月さんが苦笑する。

「悪かったよ。ついウォッカに呑《の》まれた」

「二日酔いですか？」

「いや、そうでもないんだけどね。どう、進みは」

思わず口ごもった俺を意に介さずに、長月さんは抱えていた分厚いリングファイルを俺のPCの横に置いた。

「何のファイルですか？」

「ジオインフォのマニュアルのコピー。僕が使っていたものだから手書きメモもくっついてるけどね。オンラインヘルプだけでスクリプトを書くのは大変だろ？」

「あ、ありがとうございます。でも、長月さんは？」

「基本的に頭に入ってるから。分からなくなったら見せてもらいに行くよ」

さらりとすごいことを口にし、長月さんは自分の机に戻っていく。

ぱらりと表紙をめくって、俺はその中身に思わずため息をついた。

感嘆のため息だ。素直にすごいと思う。

右側にはぎっしりとコマンドごとのタグがついている。確かに、マニュアルを印刷したりコピーしたりしたものの集合体だけど、その各ページに、ぎっしりと青いペンでメモが書き込んである。長月さんの几帳面《きちょうめん》な性格をそのまま表しているような気がした。

「それでも分からなかったら、いつでも聞きにくるように。いい？」

長月さんがこっちを見ていた。

「ある程度考えて分からなかったらいつまでも粘らないこと。時間が山ほどあるならそれでもいいけど、これは業務だからね。時間をかけたことがマイナスに働くなら、プライドは捨てて聞きに来なさい。分かる人に尋ねるのも、業務遂行に対するプライドだからね」

「わかりました」

確かにそうだと思う。個人のプライドにこだわって業務に支障をきたしたら本末転倒だ。

――とは言うものの、日本にいたときの長月さんの対応がふと頭に蘇《よみがえ》る。

俺は思わずその疑問を口に出していた。

「でも。僕が、本社で長月さんに尋ねに行ったときに怒られた記憶があるんですけど」

長月さんは目だけを上げて俺を見て、少し意味深に笑った。

そして俺はその夜、さっそく長月さんに質問しにいく羽目になる。

どうしてもループが解除できなかったのだ。夕食のあと二時間以上悩みつづけてもだめだった。いじくりすぎて自分でもわけが分からなくなり、結局俺はベッドに突っ伏していた。

「行きにくい、なあ」

思わずつぶやく。

夕食後、時間が経ってしまったのがまずかった。長月さんが自分の部屋でウォッカを飲んでいることを俺は知っている。さっき、冷凍庫を開け閉めする音がしていてた。

酒に呑まれたと長月さんは言っていた。今顔を出したら、昨日の夜の二の舞になるんじゃないだろうか。……キス、されたり……。

思い出しただけで体がかっと熱を持つ。

誰かと付き合ったことがないわけじゃない。この間まで彼女だっていた。だけど……。

心臓がどきどきと鳴り出す。

キスは、あんなに力強くなることもできるものだったのだと改めて知る。自分は、穏やかな、柔らかいものしか知らなかった。

肩を抱かれたときの強い力が蘇って、ぞくりと背中に鳥肌が立つ。

不思議と嫌悪感はなかった。今でも感じない。困ったとも思わなかった。

ただ、もう一度あの力を感じてみたいと思っている自分に困惑した。

長月さんの部屋に行きにくいのは、キスされると困るからではない。キスされることを自分が期待しているからだ。

キィ、と長月さんの部屋のドアが開く音がした。

足音は台所に向かう。ウォッカのおかわりを取りに行くのだろうか。ウォッカはアルコール度数が高いため、冷凍庫に入れても凍らない。冷えて舌が痛くなるくらいとろとろになったウォッカをひとくちで飲み干すのが通《つう》だと現地の人は言う。

俺はベッドから降りた。

ドアから顔を出す。

「長月さん」

長月さんは空になったウォッカグラスを持ったまま俺を振り返った。

「まだ起きてます？　スクリプトで教えてもらいたいことがあるんですけど、いいですか」

「この一文が余計だね。これが悪さしてる」

どれだけウォッカの匂いをさせていても、長月さんはスクリプトが分からなくなることはない。

俺たちは並んで床に座っていた。ベッドの側面によりかかり、俺は膝の上でノートＰＣを開いている。

スクリプトを覗き込む長月さんの黒い髪が目の前にあった。俺より十歳年上だから、三十七歳。だけど白髪は見つからないし、髪もしなやかでつやつやしている。

「あ、本当だ。動きました」

「よし。あとは分かるな」

「はい。大丈夫です。ありがとうございました」

長月さんは俺を見て笑った。温かい笑い方だと思う。日本では想像もつかない笑顔。

海外に出ると人格が変わる人がいるとはよく言われることだ。それは女癖のことであったり、下半身のことだったり、あるいは単純に態度のことであったりもするのだが、長月さんはその最たるものだろうと俺は思った。日本の長月さんとは本当に別人だ。

「よし、じゃあ仕事はここまでにしよう。飲むか、日高君」

「そうですね」

あっさりと承諾した俺に、長月さんは少し驚いた顔をした。

「珍しいね。日高君が飲むなんて」

「飲まないと思って誘ったんですか？」

いや、と長月さんは苦笑した。

「ウォッカとワインがあるけど、どっちにする？」

「長月さんは？」

「僕はこのままウォッカにするよ」

「じゃあ、僕もウォッカにします。冷凍庫の頂いていいですか」

もちろんだよ、と長月さんはさっさと立ち上がった。シャットダウンも終わらないうちに、グラスと霜が付いて白くなったウォッカのボトルを持って戻ってくる。

「じゃあ、改めて乾杯しよう」

俺たちはウォッカグラスをカチンとぶつけ合わせた。

俺が、くいっとひとくちでウォッカを飲み干せば、長月さんは少し驚いて、続けて「大丈夫かい」と心配そうな顔をした。

度数四十度のアルコールが喉《のど》を焼く。腹の中がかっと熱くなる。頭は冴《さ》えているのに、体だけが一瞬痺れて酔うようになる。

「無理して空けなくていいよ。少しずつ飲めばいい」

「大丈夫です」

俺は笑った。わざと長月さんの顔を覗き込みながら。

「実は俺、けっこう強いんです。大学の部活では、いつだって、酔いつぶれた仲間の介抱役と幹事だったんですよ」

ですから、と言葉を繋ぐ。

「長月さんが酔っ払っても、ベッドに引きずり上げてシーツをかけて風邪をひかさないくらいのことはできます」

「だから、このあいだ世話に慣れていたのか」

長月さんは困ったように笑った。

「でも、明日の仕事のことは忘れないでくださいね。どれだけ飲んでもいいですけど、二日酔いで仕事に出られないって状態だけはやめてください」

きっぱりと言い切れば、長月さんは少し目を丸くしてから顔を伏せて笑い出す。

「ほんと君は……」

くつくつと長月さんは笑った。

長月さんが手に持っていたウォッカグラスが揺れてこぼれそうになって、俺は慌ててその手を下から支える。手と手が触れた。

熱い手だった。

ただ触れただけだったのに、どうして俺はそれを力強い手だと感じたのだろうか。思わずかすかに引いてしまう。

目と目が合う。

スイッチが入った。

周囲の音がふっと消える。つけっぱなしになっていたＢＢＣも、窓から入ってきていた車の音も。部屋の色まで変わった気がした。

キスされる、と思った。

思った直後に、本当に俺は長月さんの唇を感じていた。

ベッドの側面に後頭部を押し付けられる。マットレスと長月さんに挟まれるようなキス。

こぼれたウォッカが手のひらにかかった。手のひらが瞬時に冷え、飲んだときよりも覿面《てきめん》にアルコールの香りが部屋に満ちる。それこそくらくらさせるくらいに。

吸い取られる。噛み付かれると思った。……食べられる。

だけど、その力の強さにうっとりした。

長月さんの舌と唇はウォッカの味がしていた。

心臓が壊れそうに鳴りだす。脈打つたびに体が揺れる気がした。音も耳に響いた。それこそ長月さんに聞こえるのじゃないかというくらいに。

やがて顔を離して、長月さんは俺の肩を前から抱きしめた。

参ったな、とつぶやくのが聞こえた。

「どうして逃げないんだい」

俺はぼんやりと目の前のＢＢＣを長月さんの肩越しに見ていた。

「長月さんだって……」

吐く息が熱を持ったように熱いことに自分で驚く。

「長月さんこそ、どうして……」

キスという言葉が口から出なくて、語尾は二度にわたって途切れた。

だけど長月さんは消えた質問を的確に察して、「どうしてだろうね」と囁くようにつぶやいた。耳に触れる長月さんの息も熱い。ウォッカの香りがどんどん濃くなっていく。

「――長月さんは僕のことを嫌っているんでしょう」

「どうしてそう思うの」

俺は目を閉じた。

「挨拶してもいつも無視されたし。いつだって、苛立たしげな目で僕を見てましたよね。本社で」

長月さんは黙ったままだった。

抱きしめた腕の力が弱まる。そのまま離れていくかと思ったけど、長月さんは俺に寄りかかった状態のままじっとしていた。

「そうだね」

長月さんがポツリと言った言葉に息が止まる。自分で言った言葉のくせに、こうして肯定されると傷つく。勝手だと自分でも思った。

「日高君は僕に似てるんだよ」

「……長月さんに？」

思いがけない言葉に驚く。

「だから、落ち着かなかった。どうしてあの子はああなんだろうとやきもきしてイライラするんだ」

「全然似てないですよ、長月さんと僕なんて」

ふっと長月さんが笑う気配がした。

「似てるよ。君はまだ分からないだろうけど」

そんな言い方をされたら、こっちはもう何も答えられない。俺は黙った。

「そうだね、でも、嫌いじゃないよ。君の意地っ張りで、でも純粋で素直な部分を、僕は羨《うらや》ましく見ている」

「純粋……ですか？」

「そう」

純粋なんかじゃない。

頭の中で俺は、どうすれば長月さんがもう一度俺にキスする気になるか考えている。どう言えば、キスを許諾したことになるかぐるぐると計算している。

だけど、長月さんが俺を純粋だと思い込んでいるなら、純粋な自分を装おうと思った。疑う余地もないくらい。

逃げないならもう一回キスするよ、と長月さんは言った。

長月さんがしたいなら、と俺は答えた。

長月さんは一旦体を離して、両手で俺の頬を支えた。俺はじっと長月さんを見ていた。近づいてくる瞳を見つめて、俺は息を詰めて目を閉じた。

心臓が怖いくらいに高鳴っていた。

7

「日高君、プロバイダーに行くよ」

「バザールに行くけど、一緒に行くかい」

「国家地図院長がこっちに視察に来るから、僕と一緒に出席してくれ」

「大使館に行くよ。作業旬報の用意をしておいて」

長月さんは、それからいつでも俺を連れて歩くようになった。

まるで、海外作業を片っ端から経験させようとしているかのように。そのたびに「こういうときは……」と対応を俺に教え込む。

俺は、毎日こまねずみのように走り回っていた。

レオニッドにスクリプトを教える暇もない。とうとうレオニッドが「ナガツキサンがいつでもケイを連れ出すからスクリプトを教えてもらう暇がない」と拗《す》ねはじめるくらい俺は連れまわされた。

ボリスがいると会話は英語だが、二人きりになった途端に日本語になる。そうすると長月さんは俺を見て笑う。三人のときとは違う柔らかい顔で。

そんな表情をされるたびに、俺の体はどきんと震える。

心臓がどきどきと音を立てて鳴り出し、体がすぐに熱を持つ。キスをされるときみたいに。

俺たちは毎晩キスをした。

部屋に帰りドアを閉めたとたんに、夕食後に、寝る前に、壁に寄りかかりながら、ベッドに腰掛けながら、立ちながら、俺たちは長いキスをした。

長月さんのキスはいつでも積極的だった。抱かれる肩に感じる力強さが心地よくて、俺はいつもくらくらした。

長月さんは俺を抱きしめながら、その手のひらで背中を撫でる。時には耳たぶをまさぐったり、臀部《でんぶ》に触れたりもする。

俺の腰に触れる長月さんの下半身が熱く硬くなっていることに気付くことも少なくないが、俺はいつも気付かない振りをした。長月さんも、あえて俺にそのことを知らせようとしていない気がしたから。

　俺たちはただキスだけを繰り返していた。


　毎日のように林業省にかけていた電話がようやく大臣に繋がったのは、俺がビシュケクについて一週間以上経ったときのことだった。

「今日の午後二時？」

　俺は仰天して大きな声を上げげた。

　ボリスが肩を竦める。

「またすぐ外国に出るそうですから。ウズベクの暴動でキルギス政府内にも不穏な動きがあるから、極力国内にはいたくないってところだと思いますけど」

「やばい。僕、ちょっとフラットに戻ります。スーツに着替えなくちゃいけないし、大臣に持ってきた土産も取ってこなくちゃ」

　慌てて席を立てば、長月さんが「謝罪なんだろ。土産もいいけど、代替の美味しい情報はあるの」と問いかける。

　俺はぐっと言葉に詰まった。きりっと胃が痛む。

　今回の出張の本当の目的。林業省の大臣への謝罪。ほとんどの援助金が戦後復興に回ってしまった現在の国際情勢では、代替案なんかとても探せない。俺は、ただひたすら頭を下げて謝るつもりだった。

「それじゃ無理だね、僕も行くよ」

長月さんが立ち上がる。

「長月さんが？」

俺はさりげなく腹を押さえて顔をしかめたまま長月さんを見上げた。

「林業省にはすこし繋がりがあってね、彼らが喜びそうなネタを少し持ってるんだ」

「ネタ……？　どんなのですか」

「まあそれは話の流れでね、使えそうだったら言うよ」

林業省に行くことになってたちまち気が重くなっている俺に向かって、長月さんは少しいたずらめかして笑った。

そして約束の時間。

大臣の執務室で、長月さんと俺と通訳としてのボリスは、コロフ環境担当大臣と向かい合って大テーブルを挟んで座っていた。

一応は俺が主たる面会相手だから一番奥に座っているが、大臣は終始長月さんと話をしていた。長月さんも大臣も笑っている。最初こそ大臣は仏頂面だったが、長月さんと話をし始めてから少しずつ表情が和らぎ、途中からはコーヒーまで出てきていた。

それと言うのも、長月さんが、現在長月さんが地図プロジェクトで使用している衛星画像と航空写真を、林業省でも使用できるように国家防衛省に頼んでみるのはどうかと提案したからだ。

自国で撮影用航空機を持たないキルギスでは、航空写真が撮影できない。いつでも外国に発注するしかないのだ。それには膨大な経費がかかるが、ソビエトから独立したばかりのこの国にはそのような金はない。だからこそ、日本の無償援助に要請を上げたのだ。

最初はいぶかしげな顔をしていた大臣だったが、長月さんが自分の身分証明書を見せて、今の業務の話をはじめるとだんだん興味を持って聞くようになった。

そして俺は、長月さんの巧みな話題の持って行きかたをただ唖然《あぜん》と聞いていたのだ。口を挟むことができなかった。自分が何を言っても子供の発言にしか聞こえないと思うくらい長月さんの話術は巧みで、俺は何も言葉に出来なかったのだ。

ただ自分の業務を説明しているだけに聞こえるのに、その端々で微妙に林業省を持ち上げ、国際的な話題も交ぜていた。俺は長月さんが営業の俺たち以上に世界情勢に詳しいことに驚かされた。

「あの会社にこんな面白いやつがいたなんてな」

大臣はにやりと笑った。

「光栄です。私はただの技術者なので、こんな機会でもなければ大臣にはお目にかかれませんから」

「下手《へた》な営業よりも面白いぞ。なんでコーディネーターをしない」

長月さんは少し肩を竦めて笑った。

「技術者だからこそ手を回せる事柄もあるんですよ。今回の衛星画像と航空写真の件なんかはまさにそれですね。表ルートでは完全に無理でしょう」

「なるほど」

くつくつと大臣は笑った。

「そして、日高は表ルートでしか動くことを許されない立場なんです」

唐突に俺の名前を出されて、ただ感嘆して話を聞いていた俺はどきりとして背筋を伸ばした。長月さんが俺を振り返って少し笑う。

俺は慌てて頭を下げた。

「本社も私も、心から申し訳なく思っています。戦後復興特例援助が解除された際には、改めてこちらの要請書を第一に扱わせていただきますので」

「……ふん」

大臣は、さっきまでの長月さんに対する態度とは一変して、見下すような表情で俺を見た。

「まあ、若造だしな。こんな子供を連れてきたのがそもそもの間違いだ。若い人間は若いというだけで失敗を許されると思っている」

かっと顔が熱くなった。

大臣は「この間も……」と自省の若い構成員に税関に品物を取りに行かせたとき、その役割を果たせず、それどころか状況を悪化させて帰って来た話を始めた。

「結局回収できていない。もう一ヶ月もたつのに」

そうとう腹に据えかねているらしく、大臣は執務机の上の葉巻に手を伸ばした。甘ったるい匂いが漂う。

「それでしたら大臣」

長月さんが大臣に話しかける。

「その品物の回収を、うちの日高に任せていただけませんでしょうか」

思いがけない言葉に、俺のほうが驚きの声をあげそうになる。

「うちの地図プロジェクトで使用する品物ということにすれば、日高でも動けます。それでもし回収に成功したら、怒りを収めていただけますか」

大臣がぴくりと眉を動かす。

「それで、衛星画像と航空写真の話は白紙に戻すとか言う気か？」

「いえ、とんでもありません。そちらの件は私が責任を持って采配《さいはい》いたしますのでご安心ください。それに加えて、品物まで戻るとなれば、林業省にとっても悪い話ではないと思いますがいかがでしょう」

にやりと大臣は笑った。承諾の表情だった。

俺はそれを、血の気が引く思いで見ていた。


「長月さん！」

林業省を出たところで、俺は慌てて長月さんを呼び止めた。

「時間ないぞ、日高君。税関に直行だ」

「俺、できる自信なんてありません。現地職員ができなかったものをどうして外国人が……」

「外国人だからできることもあるんだよ。とりあえず税関に行こう。で、奴らが何を要求しているのかを探る。もし金で済む話だったら、うちのプロジェクトでも少しは動かせるから」

「……でも」

長月さんは俺を振り返った。笑っていない。呆れられたかとどきりとする。

「とりあえず動きなさい。『でも』は動く前から使わないこと。大臣の君に対する不信を解く唯一のチャンスだよ。これをクリアすれば、君はこれから先ずっと、コロフ大臣と懇意にしていけるようになる。人脈はそうやって多少無理でもしなくちゃ広がらない。楽に広げた人脈は、それだけ簡単に消えるだけだ」

長月さんが俺に背を向けて歩き出す。

焦りが全身に広がって冷や汗が湧く。俺は一瞬立ち尽くし、慌ててその後ろ姿を追った。

長月さんに追いついてアドバイスを貰いたかった。

だけど、風をきって歩く長月さんの隣には、並んで颯爽《さっそう》と歩くボリスの姿があって俺は近づけない。自分だけがひどく幼稚に思えた。

唇を噛み締めて、前に向き直る。

へこたれている場合じゃないと自分を叱る。そうだ、長月さんはまだ一緒に税関に行ってくれる気でいる。これ以上呆れさせるな、気張れと俺は自分に言い聞かせた。


税関で留め置かれている品物は林業用測定機器の部品だった。

事情を話した俺たちを、税関の職員は、にこりともしないで一蹴《いっしゅう》した。取り付く島もないとはまさにこのことだ。

上司に会わせろと言っても「NO」あるいは「アポイント」とひとこと言うだけだ。つまり、面会予約を取ってから来い、と。

「よし日高君、ボリス」

税関の建物を出て、長月さんが早足で歩きながら振り返る。

「正攻法でいくよ。ボリスは面会予定をとってくれ。あと、税関申請に必要な書類の確認。日高君は本社に連絡して、社印と社長印のついた申請書類をファックスしてもらうこと。あとは、機材の日本語マニュアルをインターネットで探してダウンロードすること」

「わかりました」

返事をしながら、俺はやっぱり凹《へこ》まずにはいられなかった。

長月さんははきはきして格好良くて。同じ社会人として憧れてしまうくらい魅力的だ。あの意地の悪い大臣とでさえ一度の面会でうちとけてしまった。

長月さんと俺の歳の差は十歳。

十年後、俺は長月さんのようになれるのだろうか。

——とてもなれる気はしなかった。

8

その晩、俺は長月さんの部屋に行かなかった。

長月さんも俺を呼びに来ることはなかった。

翌日、まあ八千ドルくらい出せば融通をきかせてやらないこともないけど、と税関の偉いさんは椅子にふんぞり返って言った。

八千ドル。キルギスの公務員の年収の二倍だ。俺は思わず「は？」と間抜けな声を出した。

「そんなにかかるはずがない」

長月さんが反論すれば「まあ今は、周囲の国の情勢が不安定だから、これまでみたいに楽にはいかないんだよ」とにやりと笑う。

つまりは経費ではなく賄賂《わいろ》を出せというわけだ。

そんな金を俺たちが動かせるはずがない。

この時点で、賄賂は当てにしないで真っ向勝負をかけることに決まった。

「よし、書類を徹底的に集めるぞ。集めたら後はひたすら粘るだけだ。毎日通う心積もりでいたほうがいいよ、日高君」

「はい」

そして俺は、書類が全部揃《そろ》った翌日から本当に朝から晩まで税関に通いつめることになった。

ずらりと何十人もの人間が書類を抱えて一列に並んでいる。いかにも仕事で来たという風情の人もいれば、よぼよぼの老人も交じっている。おそらく、身内が外国から送ってきた荷物が税関で引っかかったのだろう。

ひとり処理するのに、早くて十分、長い人で一時間程度かかる。

そして、窓口には職員が二人しかいない。しかもこれが、夕方四時になると、どれだけ列が長かろうが容赦なく書類を片付けて帰るのだ。列に並んでいた俺たちも、申請ホールを警備員に追い出される。

そして、翌日にまた並びなおす。

この作業を、俺はもう三日も繰り返していた。

一番困るのは、この状況を繰り返しても、一向に受け取れる気がしないことだ。申請ホールで知り合いになったカナダの石油会社の社員はもう二週間も通っていると言った。裏ルートはないのかと尋ねたら、税関に引っかからないように、送付書類に手を入れて送ることだね、といわれた。つまり、引っかかった時点でアウトということなのだ。

何の足しにもならないアドバイスに、俺は天井を仰いだ。


立ちつかれてぐったりしてフラットに戻れば、懐かしいカレーの匂いが俺を出迎えた。ぐぅと腹が鳴る。

「おかえり。カレー食べるだろ」

長月さんが台所でカレーをかき混ぜながら笑った。

「カレーなんかあったんですか?」

「日本からルーだけ持ってきてたんだよ。今日、事務所の帰りにバザールに寄って肉と野菜を買って来たんだ。羊肉のカレーだよ」

そろそろ疲れてるだろうからね、と長月さんは付け足した。

「ありがとうございます。……着替えてきます」

「シャワーも浴びておいで。まだご飯を炊いてないから。カレーが出来てから鍋で炊くつもりなんだ」

そう言って長月さんはガス台に向き直った。

熱いシャワーを浴びながら、俺は白いポロシャツのその後ろ姿を思い出して少し泣きたくなって、タイルの壁に額を押し付けた。

笑ってくれた。怒ってない。呆れてない。俺のためにカレーを作ってくれた。それだけで泣きたいほどほっとした。嬉しかった。

林業省に行ってから昨日までの五日間、俺たちは一度もキスをしなかった。完全に呆れられた、見捨てられたと俺は思っていたのだ。

長月さんの言動ひとつひとつにこんなに一喜一憂する。まるで高校生のときの恋愛みたいだと苦く笑う。ほんと、ガキみたいだ。

そうだ、きっと……恋なんだ。多分俺は長月さんに恋してる。

優しくて、温かくて、仕事が出来て、格好いい長月さんに。


長月さんのカレーは美味しかった。

現地スタッフにご馳走《ちそう》する気で持ってきたというカレーは甘口で辛さが足りなかったけど、俺は二杯食べた。黙々と食べる俺を、軽く一杯しか食べなかった長月さんは赤ワインを飲みながら微笑んで見ていた。

ふと腕時計を見た長月さんがワイングラスを持って腰を上げる。

「BBCの時間だ。僕はテレビの前に移動するけど、日高君はどうする」

俺は長月さんを見上げた。

「……BBCを見たら、長月さんみたいに世界情勢に詳しくなれますか」

長月さんは少し驚いた顔をして、それから苦笑するように笑った。

「そうだね、少なくとも日本の海外ニュースを見ているよりはね」

「じゃあ見ます。食べて、皿片付けたら行きます」

スプーンを口に運ぶスピードを一層速めた俺を長月さんは目を細めて笑った。

長月さんがあぐらをかいて座っているベッドの足元に腰を下ろす。

「日高君は相変わらずベッドに座らないね」

「床のほうが落ち着くんで」

BBCが流れている。どこかの国の総選挙の実況をしていた。

「ウズベクのニュースはもうやりました？」

まだだよ、と長月さんが答える。

ウズベクの状況は相変わらず膠着《こうちゃく》状態だ。俺たち在留邦人にかけられている出国禁止令も一向に解かれる気配はない。

「いつ、日本に帰れるようになるんでしょうね」

「帰りたい？」

ポツリと俺が漏らした言葉に長月さんが返す。俺はテレビをまっすぐに見たまま唇を噛んだ。

「……役立たずだし」

「なに？」

「ここにいても僕はなにひとつ役に立ちませんから」

ふうと長月さんがため息をつくのが聞こえた。ぽんと頭に手を置かれて、ぎくりとして振り返る。長月さんは子供を叱るような顔をして俺を見おろしていた。

「だったら、役にたつように足掻《あが》きなさい。毎日の全ての出来事にアンテナを張り巡らせて、自分のストックにしなさい。経験をつみなさい」

「営業の僕には、営業の経験しかつめません。長月さんみたいな、現地の人とうまく会話を繋いだり、毎日の生活を要領よく送るような、根っこの経験はつめません」

唇を噛む。

「林業省の件だって、今回の税関の話だって、足を引っ張るばかりで俺は何の役にも立ってない。長月さんみたいに大臣とやり取りをするなんて俺にはできない。できる気もしない」

長月さんが長いため息をついた。

「全てが経験だよ。日高君は僕みたいな交渉術を身につけたいの」

頷く。

「だったら、僕を観察しているといい。頭にイメージできれば、いつかできるようになる」

「なれますか?」

「なれるよ。人間は想像の動物だよ。頭に描いて実現しなかったことはないんだ」

長月さんがふっと表情を和らげる。

「僕の交渉術は父からだよ。父が、家に招いた外国の官僚とやり取りをするのを見ていて覚えた方法だ。だから、うちの営業部の交渉の仕方とはかなり異なっているかもしれないね」

「先輩たちのより、長月さんのほうが効果的です。部長だって、こんなに上手く交渉できてなかった」

長月さんはくしゃくしゃと俺の髪をかき混ぜた。

「じゃあ、俺のやることを見ていればいい。外国のニュースを欠かさず見ること、現地スタッフと雑談すること、バザールに行くこと、街中を歩くこと、全てが絡んでいるんだよ。全てが話題になる。それを上手い方向に繋ぎ合わせていけば誘導することもできるようになる」

見上げる俺に、長月さんは笑いかける。

「でも、他の経験も沢山つみなさい。僕のことばかり見ていたら僕を超えることはできない。僕にない経験を生かすことができれば、それは君の強みになる」

俺は長月さんから視線を逸らした。

そんなこと、できる気がしない。

「……あと十年で長月さんみたいになれるなんて、思えません」

「十年も歳違ったっけ。もう少し近いと思ってたよ。道理で可愛いわけだ」

くすりと笑って長月さんがワイングラスをサイドテーブルに置いた。ぎしりとマットレスがゆれた。

キスされる、と敏感に感じる。心臓がどきりと鳴った。

長月さんの指が顎にかかって仰向《あおむ》かせられる。マットレスに後頭部が乗るくらい上を向いた顔に、長月さんはベッドの上から顔を寄せた。俺は目を閉じた。

——だけど、長月さんの唇はいつまでたっても触れない。

薄目を開ければ、長月さんと目と目が合った。長月さんが小さく笑う。

「若者に変なことをしちゃいけないね」

すっと顔が離れていくのを、俺は人形のように固まったまま見ていた。触れてもらえなかった唇がじんと痺れる。

「……キスは、変なことじゃないと思います」

思いがけない早口になった。

長月さんが動きを止める。

かっと顔が熱くなる。

「キスなんて、子供でもするし、ここの国だって男同士の挨拶にキスするでしょう」

慌てて言葉を繋いだ俺に、長月さんは息をつくように笑った。

「じゃあ、キスだけ。ベッドに上がっておいで」

「……え？」

「キスしかしないよ」

俺は戸惑う。ベッドに乗るのは勇気がいる。ベッドはプライベートスペースだ。俺にとってはひとつのボーダーラインでもあった。

だけど、手を差し伸べられれば拒否できない。

手を引かれるまま上ったベッドは俺のベッドより堅かった。膝の下のマットレスの独特の感触に、床に膝をついたときとは違う不安定さに、心臓がどきどきと鳴り出す。

促されるままに仰向けに横たわれば、長月さんが俺の頬を両側から支えて唇を寄せた。

ワインの香りが鼻の奥に届く。俺まで酔いそうな強い香り。ぴくりとも顔を動かせない俺の唇を長月さんがゆっくりと食べていく。こめかみがずきんずきんと音を立てる。息が熱い。

不意に瞼に口付けられて、俺はびっくりして目を開けた。唇以外のところに長月さんの唇が触れるのは初めてだった。

俺の震えを敏感に感じとって、長月さんが「キスだよ」とささやく。

「頬にキスするのと同じ。嫌？」

俺は首を横に振った。また目を閉じる。心臓が早鐘のように打っている。

「ほかにもキスしてもいい？」

「……どうぞ」

声が掠《かす》れた。

長月さんの唇は顔中に触れる。余すところなく熱い唇が、舌が触れる。ちゅ、ちゅっと響く小さな音。徐々に緊張が解けて気持ちよくなってくる。

だけど、Tシャツの中に手を入れられたときには、さすがに俺もぎくりとした。

長月さんは微笑んでいた。

「ここにもキスしたい」

指先で胸に触れられて、かっと体が熱くなる。

上半身を少し起こした俺は、きっと怯《おび》えたような顔をしていたのだろう。長月さんが苦笑して手を引いた。

「怖い？」

長月さんは唐突に俺の下半身を撫でた。

「……ひゃ、っ」

思わず声を漏らして体を強張《こわば》らせた俺に、長月さんがくすりと笑う。

「こっちには何もしない。ここに何かしたらそれはセックスになるからね」

そしてまた手をシャツの下に潜らせる。

シャツの布地が動く感触に、俺は息を詰めた。一気に全身が緊張する。

「上半身だけ。だめ？」

一旦動きを止め、長月さんは俺の顔を覗きこんだ。

俺に何ができただろう。ベッドに乗った時点で、ある程度は覚悟してたし、——期待だって確かにあった。俺は息を詰めたまま、一度だけ頷いた。

「ありがとう」

長月さんはなぜか礼を言った。そしてその手でシャツをたくし上げ、胸をあらわにする。触れた空気に、ぞわっと鳥肌が立つと同時に、体がかっと熱くなった。

長月さんの髪が肌を撫で、唇が乳首に触れたとき、俺は滑稽《こっけい》なくらい震えた。

行き場を探して戸惑う手を長月さんは自分の髪に導いた。長月さんの少し固いまっすぐな髪に俺は指を絡める。

「……ん、っ」

その場所を長月さんは味わうように舐《な》める。時折強く吸う。そのたびに息を詰めて、俺は体を揺らした。カイロを飲み込んだように、芯《しん》から体が熱くなっていく。

長月さんの手が首を撫でる。脇腹をゆっくりと辿《たど》る。

食べるのは胸だけ。あとは指先が余すところなく触れる。まるで、すべての場所の手触りを確かめるように、油絵の具でキャンバスを塗りつぶすように、時には小刻みに、時には長く、弱く強く指先が色を落としていく。指先で辿っているだけなのに、皮膚の感覚まで狂っていく。痺れるっていうのはどういうことだろう。

目を閉じているのに、心が長月さんの指の動きを追いかける。震える。

俺は溺《おぼ》れるように息を吐いた。体が溶け、マットレスと一体になっていく。

「——ひ、……っ」

きゅうっと強く乳首の先を吸われ、思わず声が漏れた。

「おいしいね」

囁かれて、これ以上熱くならないと思っていた体が、燃えるように熱くなった。

汗が出る。目に染みる。

長月さんの手が濡《ぬ》れたように俺の体の上を滑ることがものすごく恥ずかしかった。

9

「ケーイ！」

四日ぶりに事務所に顔を出せば、俺が来たことを聞きつけたレオニッドが事務所に駆け込んできた。

「まったく、ケイは全然こっちに来ないんだから。あのスクリプト、言われたところまで動くようになってるよ」

不貞腐《ふてくさ》れたように腰に手を当てて仁王立ちになる。

長月さんとボリスは地図プロジェクトの継続作業の件で国家地図院に行っている。事務所にいるのは俺だけだった。

「ごめん。ちょっと手が離せない仕事があって」

「何をやってるのさ」

「受け取らなくちゃいけない機材があるんだ。税関に通ってるんだけど、なかなか通してもらえなくて。というか、書類を見てもらうことすらできないんだよ、並んでる人が多くて」

「税関？　ちょっと見せて」

いつもひょうきんなレオニッドが真面目な顔になる。

俺はへえと思いながら、レオニッドにクリアファイルに入った書類を差し出した。

「ふーん、全部ちゃんと揃ってるね」

「分かるんだ？」

分かるよ、とレオニッドはにやりと笑った。

「ここに来る前に、少し税関で臨時の仕事をしていたことがあるんだ」

「え？　じゃあ、知り合いがいるとか？」

「いないけど。二ヶ月だけだったから」

あっさりとした答えにがっかりする。特別に通してもらえるかと思ったのに。

だけど、とレオニッドはいたずらをする子供のような表情を見せた。

「税関職員がどこを突《つっ》かれると弱いのかは知ってるよ。ケイ、ＩＤ持ってる？」

「持ってるよ」

差し出せば、レオニッドはそれをじっくり見て「よし、国家地図院のスタンプが入ってるな」とウインクした。

「ケイ、俺を一緒に税関に連れて行かない？　なんとかしてやるよ」

レオニッドはいつものひょうきんな表情に戻って笑った。


税関のホールは相変わらずの人だかりだった。見慣れてしまった顔も多い。まだ担当官が来ていないにもかかわらず、木の机の前には長い列ができている。

「相変わらずだなぁ」

ホールに入るなり、レオニッドはひゅうと口笛を吹いて楽しそうに言った。まるでいたずらをする子供のようなその表情を少し意外に思う。俺は毎朝うんざりしているのに。

「ケイ、いつもは誰と来てるの？」

「基本的に一人だよ。来るときもトロリーバスだし」

列に並びながらレオニッドに答える。

「ボリスくらい付き合ってもらえばいいのに。もし質問されたらこまるだろ」

「でも、ボリスは長月さんの通訳だからね。長月さんに仕事があるときはそっち優先だよ」

俺は肩を竦めた。

ふーん、とレオニッドは少し不思議そうな顔をして、俺の耳に顔を寄せる。

「な、ナガツキサンとボリスってあやしいと思わない？」

「……あやしいって？」

どきりとして俺は答える。

「いつだってくっついてるしさ、なんとなく雰囲気がね」

「それって、恋人としてってこと？」

「いや、そこまでとは言わないけどさ、なんとなくね。ふたり一緒にいすぎる気がして」

「通訳だから当然だよ。二人はそんな関係じゃないって」

俺は笑った。だって、長月さんは俺とキスしてる。どっちかといえば、俺のほうが付き合っていると言うにふさわしい。

「そうかぁ？　だって、ナガツキサン、こっちに来て一度も女買ってないんだよ」

レオニッドの言葉に思わず噎《む》せる。

「ちょっと待ってよ。みんなよく買うの？　てか、ビシュケクにそんな場所あるの？」

「もちろんあるよ。日本人もけっこう行ってるよ。狭い街だからさ、誰が行ったとかけっこうすぐばれるんだよね」

「……こわ」

俺は本心からつぶやいた。本当に変なことできない。

「でも、ナガツキサンの噂だけは聞かないんだよ。もう何ヶ月もここにいるのにね」

「そんなさぁ、誰もが行くと思わないでよ。行かない人だっているはずだよ」

「いや、行くんだって」

レオニッドは譲らない。

「そんなことないって。実際、俺だって行ってないもん」

「ケイはまだ期間が短いし、それに……」

レオニッドが意味深に笑う。

「それに、なんだよ」

「ボーイだからね」

「……は？　なんだよそれ、失礼だな」

膝で腿《もも》を蹴《け》ってやれば、レオニッドはけたけたと笑った。

子供の意味だ。そう言えばこっちに来てすぐのときにもボリスにキュートと言われたことを思い出す。確かに東洋人はこっちの人に比べると若く見えるけど……。

「とりあえず、長月さんはそういうことないから。そういうことに興味ない人もいるの！」

「まあまあ。もしケイが行きたくなったら俺に言って。絶対病気なんか移さないようないい場所紹介してやるよ」

「行かないから結構です。俺は、体だけのセックスはやりたくありません」

話を打ち切るように言えば、レオニッドはなにやらロシア語でつぶやきながらくすくすと笑った。どうせ、やっぱり子供だとかなんとか言ってるのだろうと思う。

ふん、と思う。言いたけりゃ言ってろ。俺にはちゃんと長月さんがいるんだから。

そのとき、奥のドアが開いた。

昨日も見た二人の白人女性の担当官が出てきて木の机の上に書類とスタンプを広げはじめる。着席すれば税関の始まりだ。

「よっしゃ、女だな」

レオニッドが心得たように笑う。

「……女好き」

「ちがうよ。今日は女のほうが助かるんだよ。ケイ、五人くらい終わったら動くから、書類とＩＤ用意しておいて」

「了解。何するの」

ふふんと笑って、レオニッドは答えてくれない。いたずらを楽しむ少年の表情だ。

「よし、そろそろ行くか」

「どこに」

「今から列の先頭に行くからケイはついてきて。で、日本語で、怒ってる口調でなんでもいいから彼女に向かってまくし立てて」

「え？」

「行くよ、ＩＤかして」

「はいこれ」

ＩＤを差し出した手首をそのまま摑んで引いて、レオニッドは列から抜け出した。ずんずんと前に進んでいく。俺は慌ててその後ろを追った。

列の先頭にいた老人を追い越して先頭に割り込む。

レオニッドは俺の背を押して、担当官の前に押し出した。その脇にバンと大きな音を立てて書類を置く。

思わず横目で見た彼は、見るからに怒った顔をして担当官の女性を睨みつけていた。

レオニッドにちらりと見上げられて、そうだと思い出して、苛立った口調を作って彼女に日本語で言葉を繋ぐ。

「政府間援助で必要な機材を受け取りに、こちらに四日前から並んでいるんですが、一向に受け付けてもらえる様子がありません。このままでは……」

喋る俺の横で、レオニッドはまくし立てる勢いで早口のロシア語を怒鳴り始めた。何を言っているのか、俺にはまったく聞き取れない。

だけど、担当官の女性も負けてはいない。机を叩き返してレオニッドを睨み、俺も睨んで何かを喋る。指でドアを指差す。出て行けと言っているのは分かった。

だけど、レオニッドが一枚の書類をクリアファイルから抜き出して押し出し、俺のＩＤを机に叩きつけた途端に彼女の表情が変わった。さっと青ざめて口を閉じる。

悔しそうにレオニッドを睨みつけ、彼女は税関のスタンプを手に取った。書類をめくり、全てのページに乱暴にスタンプを押す。そのころにはレオニッドも俺も黙っていた。

七枚全部にスタンプを押し、サインを書き込んで彼女は黙って背後の部屋を指差した。終わったらしい。レオニッドが書類を受け取ってクリアファイルにおさめる。それを俺に手渡して、机の脇を通り抜ける。俺は半ば呆気《あっけ》に取られて、だけどそれを表情には出さないで受け取った。

去り際にレオニッドが「ありがとう」と彼女ににっこりと笑う。満面のスマイルだった。仏頂面だった彼女は、それにつられたように少し笑った。そして黙ったまま、行け行けというように手を振る。

俺もロシア語で「ありがとう。さようなら」と続ける。そうすると彼女は今度こそ苦笑するように笑った。

「行くよ。ケイ」

「うん」

奥の部屋に向かいながらちらりと彼女を振り返れば、彼女は元の無表情に戻って、列の先頭にいた老人の書類に目を通していた。

「レオニッド、何を喋ったの」

前を歩くレオニッドを捕まえて尋ねる。

レオニッドは日本語は全く分からない。俺が言っていたことを分かるはずがない。

「脅しただけだよ」

レオニッドはウインクして笑った。

「公務員が一番怖いのは責任を取ることなんだよ」

「責任？」

「だから、あんたが書類をストップしているせいでプロジェクトに遅れが生じている。このプロジェクトが終わらなかったり、あるいは日本政府が怒ってこの対外援助を中途で取りやめて帰ってしまったらあんたの責任だ。そんなことになったらあんたは責任が取れるのか、って言ったのさ。で、とどめにケイの国家地図院のＩＤと、キルギス大統領と日本国政府の契約書を見せたわけ。本物だぞ、と」

俺は思わず呆気に取られてレオニッドを見つめていた。

どう？　とレオニッドがそんな俺に満面の笑みを向ける。いたずらを成功させた子供のような表情。思わず釣られて笑った。

「……サイコー、レオニッド」

肘で腕をつついた。

「だろ！」

俺の肩を抱いて声を上げて笑う。俺も腹を抱えて笑った。


「というわけで、明日港湾局に行くことになりました」

俺は事務所の机の上に税関の引換証を出して話を締めくくった。

長月さんは少し驚いた顔をして俺を見ている。その横に立ったボリスは、俺の後ろにいるレオニッドを厳しい顔で睨んでいた。

くすっと長月さんが目を伏せて笑う。やられた、という苦笑だと俺には分かった。俺とレオニッドを見上げて口をあけかける。

そのとき、「信じられない」というロシア語が耳に届いた。ボリスだった。

それを皮切りに、叩きつけるような口調でレオニッドにロシア語でまくし立てる。長月さんが驚いて横を振り向く。

早口のロシア語は何を言っているのか聞き取れない。だけど、かなり怒っていることは確かだった。

「ボリス」

長月さんがボリスの肩を叩いていさめようとするが、言葉は止まらない。俺は、初めて見たボリスのそんな態度に呆気にとられる。一方のレオニッドは飄々《ひょうひょう》としてその言葉を聞いている。

「でも」

ボリスが一呼吸入れるのを待ってレオニッドが返す。英語だった。

「確かに俺がやった方法は野蛮かもしれないけど、ボリスのお上品なやり方じゃいつまでも引換証は手に入らなかった。違う？」

ボリスがかっとしたように黙る。その肩を長月さんが叩いた。

「まあ、結果オーライだよ、ボリス」

ボリスが長月さんを振り返る。

笑っている長月さんを見て顔を引きつらせ、悔しそうに唇を引き絞る。

「……プロバイダーに行ってきます。サーバーの今月分の支払いをしなくちゃいけないので」

言い捨てると、壁にかけてあった上着を手に取ってドアに向かう。憤った目尻がかすかに赤くなっているのが見えた。

「ボリス、僕も行くよ」

長月さんが席を立って後を追う。

「日高くん、わるい。ちょっと留守番してて」

苦笑して俺に小さく手を上げる。

「あ、はい。わかりました」

慌しくドアが閉められる。事務所にはレオニッドと俺だけが残された。

へへんとレオニッドが笑う気配がして、俺は横を振り返る。

レオニッドは、してやったりという顔をしてドアを見て笑っていた。

「ざまーみろ」

下品なロシア語をつぶやく。

「見た？　あの顔。そうとう悔しかったんだよ」

「見たけど……、レオニッドはボリスが嫌いなの」

「嫌いだね」

一言で返ってくる。その率直な言い方にこっちのほうがぎょっとしてしまう。

「ロシア貴族の家系だか何だか知らないけど、そんなにお上品を気取っていたかったら、ロシアから出てくるなって言うんだ。ここはキルギスなんだ。ロシアのやり方じゃ通用しないこともあるってそろそろ勉強すりゃいいのにさ」

「ボリスは上品なの」

「だよ。嫌味なくらいにね。だから上品なナガツキサンとも上手くやっていけるんだろ」

棘《とげ》のある言い方にどきりとする。

「長月さんも、嫌味なくらいに上品？」

「ナガツキサンは上品だけど嫌味じゃないよ」

そう言ってレオニッドは肩を竦めた。

「ナガツキサンは、俺たちを蔑んだ目で見ないから嫌いじゃない。ボリスはキルギス人を馬鹿にしてるからね」

その言葉で思い出した。キルギスはロシアに占領された国だったのだ。支配階級は全てロシアから移住してきたロシア人たち。遊牧民だったキルギス人は都市に縛り付けられ、ロシア語を強制的に喋らされた。

思わず黙ってしまった俺に、レオニッドは「ケイのことだって好きだよ」と言葉をつないで笑う。

だけど、俺はなんとなくすっきりしなかった。仲がいいと思っていたスタッフの裏に今更ながら気づかされて、もやもやした気持ちになっていた。


その晩、長月さんが帰ってきたのは夜十一時過ぎだった。

玄関のドアがそっと開けられて閉められる音を、俺はベッドにうつぶせになったまま聞いていた。

10

「ふん」

にやりとコロフ環境担当大臣は笑った。

翌日、俺は港湾局に立ち寄って品物を受け取った足で、長月さんとボリスとともに林業省に出向いていた。

長月さんがそれと一緒に、衛星画像利用許可のレターを持ってきたこともあるのだろう。大臣はすこぶる上機嫌で、椅子にふんぞり返って最初からにやにやと笑っていた。

「まさか本当に受け取ってくるとは思わなかったな」

俺を横目で見る。

「いったいどんな手段を使ったんだ？　幾らかかった？」

「賄賂は一ソムも渡してません」

「ほう」

じゃあどんな手段だ、と目で問いかける。

俺は答えていいものか迷って長月さんをちらりと見た。

目ざとく見つけた大臣が、「この若造がやるとか言っていて、本当はお前が動いたんじゃないだろうな」と長月さんを親指で指差す。

とんでもない、と長月さんは笑い「言えば？」と俺を見て笑った。

俺はちらりとボリスを見る。昨日以降、なんとなく気まずくてボリスとはほとんど話をしていない。

「税関でちょっと脅してみました」

言葉を選んで喋り始めれば、通訳をしていたボリスがあからさまに顔をしかめた。本当に話すのか、という表情で俺を睨み、それでもしぶしぶと通訳をする。

「脅した？」

「この機材が届かないと、日本からの国際援助が進まない。このまま期間内に終わらなくて援助途中で帰ることになったら責任を取ってもらえるのか、と」

「紳士的に？」

「そうですね。紳士的に、IDとプロジェクト締結証書をこう、テーブルに叩きつけて」

テーブルを叩く真似をすれば、大臣は俺を見上げて片頬をあげてにやりと笑った。

「なるほど。立場をしっかりと使ったわけだ」

言って、くつくつ笑い出す。

「けっこう面白い奴だな、お前」

不機嫌な表情のボリスの横で、大臣はおかしそうに背を丸めて笑っている。長月さんが俺をちらりと振り返って目を細めて笑った。

「若造」

大臣がテーブルに肘をつく。

「ウォッカでも飲むか？　ん？」

「はい。いただきます」

飾り棚の中からウォッカと三人分のウォッカグラスを出し、大臣は自分で注《つ》いだ。長月さんと俺に手渡し、立ったまま心臓の高さに掲げる。俺たちもグラスを持ち上げる。

茶色い瞳が初めて真《ま》っ直《す》ぐに俺を見た。

「税関での働きに改めて感謝する。未来ある若造に、乾杯」

一気に飲み干す。

かっと喉が焼け、一瞬息が止まる。数秒してから徐々に内臓が燃えていく。

「……ありがとうございます」

空になったグラスを目の高さに上げれば、大臣は今度こそ声を上げて笑い出した。


大臣室を辞したのは十一時頃だった。

帰り道、長月さんと俺は事務所まで歩いた。

林業省から事務所まで徒歩で三十分程度。酔いを醒《さ》ますために歩いて帰ると長月さんが言い出したのだ。「日高くんも歩くか」と誘われれば、俺は当然「はい」と答える。もし俺が犬なら、尻尾《しっぽ》をぶんぶん振るような勢いだっただろうと思う。長月さんと二人でいられる時間はどんな時間でも嬉しい。

運転手を兼ねているボリスは相変わらず不機嫌な顔をしながら先に車で帰った。

「ボリス、機嫌が悪そうですね」

「まあ気にしなくてもいいよ。彼は彼なりのポリシーを持ってるからね」

もっともそれは、普段の愛想がいいボリスを知っているから不機嫌と感じる程度で、他の人が見たのなら真面目な通訳だなと思うだけだろう。だけど、その原因が自分にあると思うとどうしても気になってしまう。

「あのやりかたは、まずかったと思いますか」

「いや、べつに。いいんじゃない？」

長月さんは飄々と言った。その声音《こわね》にほっとする。

「僕やボリスではきっとできないけどね。これは君のプラスの経験になるよ。大臣も怒りを収めてくれたみたいだし、よかったじゃないか」

アルコールのせいか、長月さんはリラックスした調子で喋った。

「でも、きっかけを作ってくれたのは長月さんですし」

長月さんは、歩きながら俺を振り返って、ただ黙って微笑み、また前を向いて歩き出す。俺は、その斜め後ろをやっぱり黙って歩いた。

少し肌寒い。スーツの上着を着ていてちょうどいいくらいだ。

ビシュケクに来てそろそろ三週間。九月の上旬に入り、街は途端に秋めいてきていた。街中に溢れたポプラの木が金色に色づき始めている。街の人たちが言うところの一番美しい季節、ゴールデンオータムがやってくる。

「日高くん」

長月さんが公園を指差す。

「ちょっと寄ってくか。アイスクリームでも食べない？　おごるよ」

「いいですね」

酔いがうまく醒めないのだろうと推察する。三杯しか飲まなかった俺はちょっと体が火照る程度だけど、長月さんは俺よりも数杯多く飲んだ分きついのだろう。

木々に溢れた公園の中の道を歩くと、道の分かれ目で幼い子供を連れたおばあさんがタバコやマッチと一緒に手作りアイスクリームを売っている。

市販のコーンに自家製のアイスクリームを詰め紙で蓋《ふた》をして凍らせたシンプルなものだ。衛生上不安があるから食べないほうがいいと日本人会からは言われているけど、食べなれてしまうとこれが一番美味しい。チョコやナッツでコーティングされた市販のものとは違う素朴な味が癖になる。

「はい」

長月さんが手渡してくれる。

「ありがとうございます」

長月さんはわざと多めの札を渡し、おつりを受け取らずにその場を離れる。

俺はふとボリスのことを思い出した。街で物乞いに出会ったとき、それが老人ならボリスは必ず金を渡す。だけど、子供だと一ソムも渡さないのだ。どうしてかと聞くと「今のこの国は、老人が仕事を見つけられる状態じゃないから。だけど、子供なら仕事はいくらでも探せる。こんな方法で金を稼ぐことを覚えさせちゃいけない」と俺に言った。

「長月さんも子供にはお金を渡さないんですか」

長月さんは少し不思議そうに振り返り、ああボリスね、と笑った。

「僕は、時と場合によりけりだな。追いかけてきてせがむ子供には渡さない。だけど、疲れ果てた親を守るように寄り添っている子供には渡すな」

水の止まった噴水のヘリに腰掛ける。

「ボリスはあれでいてけっこう苦労してきてるからね。彼には彼なりの考えがあるんだよ」

俺は黙ってその言葉を聞いていた。

黄色くなったポプラの葉がひらりと落ちる。高い梢《こずえ》で鳥が鳴く。

アイスクリームはかなり甘い。しけったコーンが噛み切りにくい。

俺たちはしばらく黙って、くすんだ緑と黄色の向こうの秋の空を見上げていた。

ふと、噴水のヘリについた左手の中指のすぐそばに長月さんの右手の人差し指があることに気付く。どうしてかどきりとした。

体温が感じられるような気がした。鼓動が早くなる。中指に神経が集中してしまう。

俺がアイスクリームを食べるのを止めて手をじっと見ていたことに長月さんが気付く。

くすりと笑って、少しだけ手を寄せる。俺の中指の爪の上に人差し指を静かに乗せた。

ただそれだけなのに、心臓が大きく跳ねた。

かっと全身に熱が巡る。首筋が熱くなる。

間違いなく赤くなった顔をうつむいて隠して、俺はアイスクリームに前歯でかじりついた。


「ケーイ」

事務所に戻るなり、レオニッドが廊下で俺を呼び止めた。

「首尾は？」

「上々」

親指を立てて答えれば、レオニッドは満面の笑みで笑って俺の背中を叩く。そんな俺たちを長月さんは笑いながら見ていた。その包み込むような笑顔に、俺の心もほころぶ。

「ナガツキサン」

俺と握手をしながらレオニッドが長月さんを見上げた。

「GISチームで今日の昼食にご招待します。昼休み、うちの部屋に三人でお越しください」

「それは光栄だね。でも、なんで？」

「マリアの誕生日なんです」

「なるほどね。喜んでお邪魔させていただくよ」

レオニッドはにっこりと笑って、作業部屋に駆けて戻っていった。

「マリアさんの誕生日？」

「そう、こっちでは、主役みずから自分の誕生日会をプロデュースするんだよ。皆さんのおかげで無事にまた誕生日を迎えられました。ありがとうございます、ってね。試験に合格したときとか、仕事が上手くいったときもそうだね」

「へえ」

驚く。そんな考え方もあるんだと改めて感心する。

「じゃあ、花でも買いに行くか。ケーキは自分で準備しているだろうから、チョコか花だな。チョコは店が遠いから、通りの花屋で花束を買おう」

長月さんが踵《きびす》を返す。

そのとき、ちょうど三階から降りてきたボリスとばったり顔を合わせた。昼食の招待のことを話せば「知ってますよ」と言う。

「来てすぐ聞きましたから。花ももう買ってきてありますから大丈夫です」

あっさりと答えて事務所に向かう。

「準備いいね」

長月さんが苦笑すれば「もうナガツキサンの行動パターンは把握してます」と当然のように言う。

ボリスは事務所のドアの鍵を開けながら、長月さんを振り返って「だから忠告するんですけど」と少し睨むように目を細めた。

「くれぐれも飲み過ぎないように。今日は午前中も飲んでるんですから。午後のアポイントはありませんけど、来週月曜日の面会の書類は作ってもらわないと困ります」

「了解、ボリス」

長月さんは苦笑して俺を振り返る。

「把握してくれるのは楽だけど、把握されすぎるのも大変だ」

日本語だった。

長月さんの肩越しに、こっちを見ていたボリスがかすかに眉をしかめるのを俺は見逃さなかった。ぎくりとする。

三人でいるときは日本語は話さない。日本語が分からないボリスには内緒話以外のなにものでもないから。そう言っていたのは長月さんなのに。

ボリスはすっと目を逸らして、事務所のドアを開ける。

部屋の椅子の上には、大きくてカラフルな菊の花束が置いてあった。確かにきれいなんだけど、俺の目には仏花のように見えてどきりとした。

思わず「ボリス、これ？」とボリスを見上げる。

「そうです」

ボリスの返事はどこかぶっきらぼうに聞こえた。

「こっちでは菊の花を贈るのは普通なの？」

ぎくりとしながら、あえて明るい声を作って会話を繋げる。ここで会話を途切れさせたら、この気まずさがずっと定着してしまいそうな怖さがあった。

「普通ですよ。もっとも、一番喜ばれるのはバラですけど、恋人や家族じゃないですし。どうしました？」

「いや、日本では菊の花は、墓とかに供えることが多いから、あんまり贈り物には使わないんだ」

へえ、とボリスが驚いた顔を上げる。

「こっちではカーネーションですよ。葬儀とか墓前にはカーネーションの花束を供えるんです」

「え」

俺は心底ぞっとして肩を竦めた。

実は俺は、誰かに花束を贈るときにカーネーションを選ぶことが多い。一番最初につきあった彼女がカーネーションが好きで、それ以来迷うとなんとなくカーネーションを選んでしまうのだ。そのためか目がいきやすくて、こちらの花屋にはカーネーションが多いなとなんとなく思っていた。だけどそれがそういう意味だとは思いもしなかった。

「聞いといてよかった。俺が買いに行ったら、絶対にカーネーションの花束を選んでたよ」

肩を震わせれば、ボリスが俺を見たまますりと笑った。

「おめでたい席にカーネーションだけはタブーですよ」

くすくすと笑う。

俺の肩をぽんと叩いた彼の顔は至って普通に戻っていて、俺はようやくほっとして息をついた。

「長月さん」

俺はコン、とリビングのドアをノックした。

「どうぞ」

ドアの向こうから長月さんの返事が聞こえる。ドアを開けて顔を覗かせれば「どうした？」と夕飯のときに見たままのポロシャツ姿の長月さんがベッドに転がったまま笑った。

俺は黙って赤ワインのボトルを持ち上げた。

めずらしいね、と長月さんはベッドに座りなおす。俺は後ろ手にドアを閉めた。

「林業省の件が上手くいったんで、お祝いを。感謝の気持ちを込めて」

一瞬目を瞬いてから、長月さんは顔をしかめて笑った。

「夕食後にこっそり部屋を出て行ったから何かと思えば」

「主役がお祝いを取り仕切るって聞いたんで」

「じゃあ、ありがたくお祝いさせてもらおうか」

長月さんは俺の手からグラスを受け取って掲げる。

「なんだか今日は、朝からずっと飲みづめだな」

昼食のパーティーは結局二時過ぎまで続き、俺たちはワインやウォッカをけっこう飲んでしまったのだ。しかも、長月さんが土産に渡した日本酒や国家地図院の研修員がアルメニアから持ち帰ったコニャックまで加わってすごいチャンポンになってしまい、俺はともかく、アルコールにあまり強くない長月さんはその後は結局仕事にならなかった。

運転手ということを理由に一滴も飲まなかったボリスは「そらみたことか」と渋い顔をしながら家まで送り届けてくれたけど、長月さんは「書類は週末に部屋で作るよ」と上機嫌で笑っていた。

そんな長月さんにこれ以上飲ませようというのだから、俺もたいがい残酷だと思う。いや、我儘《わがまま》……なんだろう。

酒が入った長月さんは、俺にキスするから。

またキスがしたいと、俺は考えている。飲ませればキスしてくれるだろうと俺は期待している。唇だけでなくて、それ以外の箇所にも。

触れたい。強い力で抱きしめられたい。素肌で、長月さんの熱を感じたい。

そう考えただけでぞくりとする。

グラスをかちんと合わせて、俺は一息にワインをあおった。

数秒遅れて長月さんもワインに口をつける。グラスを空にした俺を上目遣いに見て笑い、ぐいと赤ワインを飲み干した。

ワイングラスをサイドテーブルに置いたのが合図。

見つめられる。

長月さんは俺をまっすぐに見て、少し意地悪く笑った。かっと顔が熱くなる。

彼は気付いている。俺がワインを持ってこの部屋に入ってきた本当の意味を。

手が伸びてくる。

ベッドの上に引きずり込まれて、俺は長月さんのワイン味の唇を感じていた。


長月さんの唇が、指が、手のひらが上半身に触れる。

顎、首、肩。手首、腕、……胸。

熱い。痺れる。息が追いつかなくて苦しい。

「……は、……っ」

声を漏らしてしまう自分が恥ずかしい。ただ撫でられているだけなのに。

上半身だけとはいえ俺ひとりがシャツを脱いで肌を晒《さら》しているのが恥ずかしくて、長月さんのポロシャツもたくし上げる。

「だめ」

遮って裾《すそ》を戻された。ついでに手首も頭上で押さえられてしまう。

「……どうして。——んっ」

「肌と肌で触れ合うと溺れるからね」

俺の胸に唇を触れさせたまま喋られて、微妙な動きに思わず息を詰めた。目を開けていられない。振り回される。

何を今更言っているのだろうと思う。俺はとっくに溺れてる。俺をこれだけ溺れさせておいて、自分だけ溺れないなんてずるいと単純に悔しくなる。

「……溺れれば、いいじゃないですか」

いいの？　と長月さんは囁く。

「こっちにも触るよ」

ジーパンの上から腿を撫でられて、俺は思わず身を竦めた。漏れそうになった妙な声を喉元で押し留《とど》める。

「……いい、ですよ」

瞬間的に粟《あわ》だった肌がなかなか静まらず、かすれるような声で俺は答えた。

「じゃあ、脱いで」

長月さんはあっさりと体を離して言った。

「日高君が脱いだら、俺も脱ぐから」

え、と長月さんを見上げる。見られているこの状態で脱げというのか。体がきしりと音を立てて、かっと熱くなる。

思わず肘をついて半身を起こした俺を、長月さんはベッドに片膝を立てて座ったままにやにやと見ていた。どうしようもなく体が熱くなってじわりと汗が湧く。

「日高君はすぐに体が赤くなって分かりやすいね」

指摘されていっそう体が熱をもつ。どうしようもなく恥ずかしくてうつむいて顔を隠す。からかわれている。

長月さんはこんなにも手馴《てな》れていて冷静で、自分ばかりが振り回されている。恥ずかしいやら悔しいやらで、吐く息まで燃えそうな気がする。

「長月さん、ずるい」

「なにが」

「長月さんばっかり冷静で。俺はただでさえ一杯一杯なのに、それなのにこんな……」

「冷静じゃないよ」

長月さんが苦笑する。

ぐいと手を引かれた。長月さんの股間《こかん》に触れさせられる。布越しでも、その熱さははっきりと分かった。思わず引きそうになった手をぐっと引き戻される。塊に押し付けられて、思わず硬く目を閉じる。

「……長月、さんっ」

「だから言ってるんだよ。裸で触れ合ったりしたら際限ないよ?」

何も言えずに唇を噛む。

「際限って、……」

「最後までやっちゃうかもしれないってことだよ。そうなってもいい?」

さすがにいいとは即答できず、俺は口を閉じた。微妙な怖気がわきあがる。

最初に頭に浮かんだのは、なぜか故郷の家族の顔だった。

「僕はもうこんなだから、いつでも日高君を抱けるよ。正直なところを言えば、抱きたいよ。だけど、日高君は？」

どうしてか長月さんの声は怒っているように聞こえた。

どう言えばいいのだろう。断りたくない。もっと触れ合いたい。だけど、本当にいいのかと問いかける自分もいる。そこまでいったら戻ってこられないような恐怖もある。

ごくりと唾《つば》を飲み込んで、俺は、からからになった口を開いた。

「……長月さんが、後悔しないなら」

俺の手首を握ったままだった長月さんの手がかすかに強張るのが分かった。動きが止まる。俺も動けない。

何秒たった頃だろうか、長月さんがふう、と息をつくのが分かった。俺に体重をかけて寄りかかってくる。

そのまま押し倒されてシーツと長月さんに挟まれる。長月さんは俺の肩口に顔を埋《うず》めた。

ふっと長月さんが苦笑する気配が伝わってきた。

「日高君はずるいね」

どきりとした。

ずるい自覚はあったから何も言えない。決断のつかない判断を長月さんに任せている。くすくすと笑う振動が直接胸に響いてくる。

「じゃあ、キスだけ」

ささやきとともに頬に手をかけて横を向かされる。

首を横に曲げた苦しい姿勢のまま、息まで混ざり合うような激しいキスが始まる。

長月さんの足が俺の腰を跨《また》いで、器用に引き寄せる。腰と腰が触れた。

布越しの熱いしこりぶつかる。長月さんのそれが昂《たか》ぶっていることはもちろん分かっていたけど、俺のだって十分興奮していた。

背中に回った腕が強く俺を抱きしめる。

ぞわっと背筋がうずいて、俺も縋《すが》るように長月さんを抱きしめ返した。

まだ息が熱い。

長月さんは俺の体の上に乗ったまま吸い込まれるように眠りについてしまった。

寝息が届く。

俺は、長月さんの髪の毛に指を差し込んで梳《す》くようにゆっくりと撫でていた。

ついさっきまで刺激されていた胸はまだじんじんとうずく。

長月さんは、おあずけを食らった欲望を、俺の乳首を弄《いじ》ることで晴らすかのように執拗《しつよう》にそこばかり苛《いじ》めた。上半身のあちこちにキスを落としながら、乳首に触れるのは指だけ。抓《つね》られたり引っ掻かれたり、揉《も》まれたり優しく撫でられたりして、呼吸や鼓動も巧みに支配されて、限界ぎりぎりまで反応してしまった下半身は圧迫されてまだ痛い。

だけどその苦しさはなぜか甘くて、俺は何度も繰り返して髪の毛を撫でる。ちょうど胸の上に頭があるから、敏感になった乳首を長月さんの髪の毛が掠るのが時々辛《つら》い。

俺はゆっくりと深呼吸した。

無防備に眠ってしまった長月さんが愛《いと》しい。

長月さんは、キスの後に時々こうして眠ってしまう。

いつもなら、こうして長月さんが眠ってしまった後は起こさないようにこっそりと部屋に帰るけれど、今日は朝になるまででも撫でていられる気がしていた。

寒いんじゃないかと、シーツを指先で手繰り寄せて体の上に掛けて、その上から長月さんの大きな背中を撫でる。

浮いた背骨、肩甲骨。無駄な贅肉のないしなやかな筋肉。

腰骨。臀部。

背中から臀部にかけてのカーブを何度も撫でる。

キスしている最中、長月さんの下半身もずっときつそうだった。俺だってもちろん楽ではなかったのだけど、最初に言ったとおり、長月さんは俺の性器には一切手を出さなかった。

最後までしなくて済んでよかったとほっとするのと同時に、どこか残念に思う自分がいる。強引にでもやってくれればよかったのにと思うのは我儘なのだろう。そうなったらなったで、きっと俺は受け入れた。

無性に切なくなって、少し強めに腕の力を込めれば、長月さんが身じろいだ。目を覚ます気配がする。

「――日高君？」

声を聞いて勝手に心が嬉しがり、とくりと鼓動が音を立てる。

「……おつかれさまです」

おはようございますと言うのも変な気がして、でもなにか言わなくちゃと思って口に出したら、思った以上に変な言葉になった。

長月さんが息をつくように笑った。

「ごめんね、重いね」

体の上から下りて隣に添う。

消えた重みに思いがけない切なさを感じて、俺は思わず長月さんの頭にしがみついた。

「どうした？」

長月さんが笑う。

俺は何も言葉に出来ずに、黙って髪の毛に顔を埋める。

長月さんは手を伸ばして俺の頭を撫で返してくれた。

シーツと腕がこすれる音が聞こえる。さらさらとやさしく。

先ほどまでの触れ合いとは全く違う穏やかな時間。これはこれでほっとして、心地よくてとろとろと目が閉じていく。

「日高君」

「はい」

「眠い？」

「……すこし。気持ちよくて」

長月さんが笑う気配がした。

「今日はいろいろあったから疲れただろ。それに明日も早いんだから、もう寝たほうがいいよ」

「……はい」

寝るなら自分のベッドに行かなくちゃ。でも、気持ち良くて、まだここを離れたくない。

「このまま寝ると疲れが取れないよ。明日はレオニッドたちと山に行くんだろ」

思い出した。目が覚める。

昼食の席で作業場のメンバーにピクニックに誘われたのだ。俺は喜んで行くと答えたのだが、意外なことに長月さんとボリスは誘いを断った。当然一緒に行くと思っていた俺は、心底がっかりした。

「——ピクニック、どうして長月さんは断ったんですか?」

うーん、と長月さんは言葉を濁そうとした後に「ボリスがね」とぽつりと言った。

「ボリス?」

「かなりご機嫌斜めだからね。もともと、明日はバザールについていってもらう話をしていたんだ。それを予定変更してピクニックに行ったりしたらもっと悪化しそうで」

「ボリスも一緒にピクニックに行けばいいのに」

行かないね、と長月さんは笑った。

「ボリスはビジネスとプライベートはきっちりと分けるから。プライベートの時間は、自分が認めた人にしか割かないよ」

ふうん、と俺はその言葉を聞いていた。

「長月さんは認められてるんですね」

「付き合いが長いからね。もう三年近くなるかな」

「そんなに長いんですか」

「なんだかんだとね。一つ前のプロジェクトのときから一緒だから。ただそのときは僕の通訳ではなくて、団長付きの通訳だったから、一緒に事務所にいるという程度だったけど」

長月さんは喋りながら俺の頭を撫でる。

付き合いが長いというだけではないのだろうと俺は心の中で思う。

ボリスは長月さんをかなり気に入っている。普段の言動を見ているとよく分かる。いつでも寄り添うようにそばにいて、まるで目と目で会話するように用事を察して動いて。長月さんがいるときといないときでは英語の質まで違う気がする。……尊敬、という以上の思い入れがきっとそこにはある。

だけどそこまで口に出すのは悔しくて、俺は「長月さんはほんと気ぃ遣いですね」とぽつりとつぶやくのに留めた。

「気い遣い？」

「仕事以外のこと。たとえば僕のこととかボリスのこととか、スタッフの人間関係とか役人のこととか、疲れません？」

くすりと長月さんは笑った。

「それが海外。仕事だけしていちゃ仕事にならない。仕事以外にやることは山ほどあるけど、それだけにやりがいがあるよ。僕はそれが楽しいんだよ」

ふぅと俺はため息をついた。

「すごいなぁ」

「逆にね、それができないと海外では仕事にならない。日本でどれだけ仕事ができても、海外でやっていけなくてノイローゼになって帰っていった人を僕は何人も知ってるよ」

長月さんは俺の背をぽんぽんと撫でる。

「きっと、日高君のお父さんもそういう人だよ。それだけ長く海外でやっていけるんだから」

「長月さんのお父さんもそうだったんですね。長月さんはきっとそれを受け継いだんだ」

長月さんの手が止まる。

「……そうだといいね」

途端に声に力がなくなる。

俺は目をとじてそっと息をつく。

こうなることを知っていて、いや、期待して、俺はわざと長月さんのお父さんの話題を出した。また泣いてくれないだろうかと思ったのだ。

ボリスに対するささやかな対抗心。

自分だって長月さんの深いところに触れられるんだと感じたかった。

俺は長月さんの頭を抱きしめてゆっくりと撫でた。掻き分けた頭の奥にキスを落とす。

「――……変な子だね、君は」

ため息とともに長月さんがつぶやいた。

「そうですか？」

「実はね、君が僕のところに初めて質問に来る前に、僕は君のことを知っていたんだよ」

「え?」

驚いて目を瞬く。

「不思議な若手社員がいるって。あの小難しい野々宮《ののみや》部長が気に入ったらしいとか、無口な掃除のおばさんが彼にだけは挨拶するとか」

「掃除の佐藤《さとう》さん? 挨拶すれば誰だって挨拶返すでしょ」

長月さんが苦笑する気配がした。

「彼女が佐藤さんって名前だってことすら、みんな知らないんだよ」

「えー。日高ですって最初にこっちから言ったら、清掃の佐藤ですって言ってくれましたよ」

長月さんは黙ってくしゃくしゃと頭を撫でる。

「あとは、甲斐君がわざわざ言いにきてくれた。僕に似たやつがいるんだよ、って」

「ジオインフォ室の甲斐さん? 親しいんですか?」

「前の会社にいたときに知り合ってね。そこそこ」

「僕と長月さんなんて全然似てないのに」

長月さんは否定も肯定もしないでくすりと笑った。黙って俺の頭を撫で続ける。

「変な子だよ、ほんと。……父のことまで話したのは君だけだな」

どきりとする。体が徐々に火照《ほて》っていく。

「そうなんですか?」

「なんだか、ぽろりと話をさせてしまう雰囲気があるんだよな。自分の心の中だけに留めておくつもりだったのに」

「安心してください。秘密厳守です」

俺は囁いて笑った。

「聞いた後でちゃんと鍵かけておきますから」

「鍵？」

長月さんが不思議そうに聞き返す。

「高校生の頃だったかな。僕は昔からけっこう相談されやすいほうだったんですけど、女友達が『絶対に誰にも話さないでよ、引き出しに入れて鍵かけておいてよ』って言ったのが最初で、それからなんとなく『引き出しに鍵』が合言葉になって」

長月さんが「日高君らしい」と笑う。

「長月さんのも、ちゃんと長月さん専用の引き出しに入れて鍵かけておきますから」

長月さんが顔を上げて俺の胸に額をぶつける。

「ここに僕専用の引き出しも作ってくれるってことかい」

もちろん、と俺は答えた。

「引き出しか。いいね」

長月さんはため息をつくように笑った。長月さんが笑ってくれたことが嬉しくて、俺の心の中に引き出しを作る許可をくれたことが思いがけず幸せで、体がほのかに温かくなる。

嬉しい。——嬉しい。

俺は気持ちを抑えきれずに、長月さんの頭を抱きしめて、心を込めて撫でた。

長月さんがおもむろに顔を上げた。

目と目が合う。長月さんがふっと笑った。嬉しくて俺も笑う。きっと頬まで赤い。

どちらともなく顔を寄せ合う。

唇が触れた。

11

俺は、フラットの鍵をこっそりと開けた。

思った以上に遅い時間になってしまった。

結局、ピクニックで盛り上がったスタッフは、俺も引っ張ってカラオケまで行ってしまったのだ。解散したのは夜十時近く。レオニッドがフラットの前まで送ってくれた。

長月さんの部屋の明かりがついているのは通りから見て知っていた。まだ起きているはずだ。

コンコンと控えめにドアをノックする。

「遅くなってすみません。今帰りました」

連絡を入れそびれてしまっただけに少し後ろめたい。

長月さんがドアを開ける。

「おかえり」

その声はいつもと変わりがなく、ほっとする。

「まあ、みんなと一緒だからそんなに心配はしていなかったけど、遅くなるという連絡くらいはほしかったね。時期が時期だから」

「——すみません」

まあ無事に帰って来たからいいよ、と長月さんは苦笑した。

「シャワーはいつでもどうぞ。僕はもう浴びたから」

「はい」

長月さんの部屋からBBCニュースの音が聞こえて、俺はふと違和感に気付いた。

「長月さん、今日は飲んでないんですか」

長月さんは毎晩必ず何かお酒を飲む。俺の頭の中では、BBCニュースのキャスターの声とお酒はセットになっていた。

ああ、と長月さんは俺を見て少し目を細めて苦笑した。いつもと違う笑い方に少しどきりとする。嫌な予感が湧き上がった。

「この部屋で酒を飲むのは自粛するよ」

どきりとする。

「……なんでですか」

「今日、ボリスに言われたよ。僕が日高君を構いすぎるって」

「え……？」

「仕事仲間の域を超えているって。スタッフの中には変に思い始めている人もいるから気をつけたほうがいいって」

言葉を失う。

「ありがたいね。そこまではっきりと言ってもらえて助かったよ。落ち着いて考えてみれば、実際に僕は行き過ぎていたと思うから」

すっと頭が冷えた。

「だから、もうキスもやめるよ」

長月さんは真面目な顔で俺を見おろしていた。俺は、ただそれを黙って見上げることしかできない。

「じゃあおやすみ。僕はとりあえずベッドに入るけどテレビはつけっぱなしにしておくから、ＢＢＣ見たいならいつでもおいで」

長月さんがドアの向こうに消えようとする。

「……長月さん！」

俺は思わず叫んだ。

振り返った長月さんがそんな俺を見て苦笑する。

「なんて顔してるんだよ。これまでと何も変わらないよ。日高君は大切な仲間だよ。ただ、キスをしたり体を触ったりすることをやめるだけだ」

「……でも」

「君を可愛いと思うことには変わりはないよ」

笑ったまま、長月さんはゆっくりとドアを閉めた。

俺は呆然《ぼうぜん》とドアの前に立ち尽くしていた。


ボリスの顔が浮かんだ。

唇を噛む。先手を打たれたと思った。

どうしてボリスと長月さんを二人きりにしてしまったんだろうと今更ながら思う。彼が長月さんに気があるのは分かっていたはずなのに。

今更、長月さんとボリスのほうが余程変に見られているなんて言っても遅い。

ショックだった。

——関係は変わらないと言われても……。

それは、あんなに幸せで楽しかった昨日まではあまりに違う夜だった。

一日でこんなに変わってしまうなんて。

眠気はいつまでも訪れず、俺はいつまでも枕に顔を埋めて通りの車の音を聞いていた。

12

翌日から長月《ながつき》さんは目に見えてよそよそしくなった。

これまでは一緒に連れて行ってくれた大使館や役所も、長月さんはボリスと二人で行くようになった。俺はいつでも留守番だ。

何も変わらないと言ったはずなのに、と俺は一人残された事務所で唇を噛む。スクリプト書きもなかなか進まない。

俺の気がそう見せるのか、それとも実際にそうなのか、俺の目には、ボリスと長月さんが以前にも増して親密になったように見えてならない。ボリスが時折俺に向ける視線さえも、どこか優越感が混じっているように見えてイライラする。

ばん、と俺は机にボールペンを置いた。額を支える。

進まない。スクリプトまでぐちゃぐちゃだ。

電話が鳴った。

俺は立ち上がって電話を取る。どうしてボリスがいないときにかかってくるんだろうとそんなことにまでイライラする。ロシア語で喋《しゃべ》られても、俺は返事できないじゃないか。

「アロー」

『日高《ひだか》君？』

「あ、長月さん」

どきりとする。声が聞けて単純に少し嬉《うれ》しくなる。

『今、ロシア大使館の前なんだけど、レターを貰《もら》うのにもう少し並ばなくちゃいけないようなんだ。悪いけど昼食はそっちで済ませてくれるかな』

「遅くなってもかまいませんよ」

『いや、こっちがいつまでかかるか分からないから、僕とボリスは目の前のカフェで順番待ちの時間をつぶしがてら食べちゃおうと思ってるんだ。悪いね』

少しだけ浮上した気持ちがあっさりと沈む。

「――分かりました」

泣きたい気持ちで受話器を下ろして、俺はデスクに突っ伏した。

もう昼食なんていらない。腹なんか全然すかない。

ボリスと二人で食事をする長月さんを思い浮かべて、きりきりと胸が痛くなった。


「ケーイ」

レオニッドがドアを叩《たた》く。

「スクリプト出来たんだけど見てもらえない？」

「いいよ」

席を立つ。

「ナガツキサンは？」

「ロシア大使館。なんだか手続きに時間がかかっているみたい」

「最近、ケイはいつでも留守番だね」

裏のないはずのその言葉にずきりとする。

「でも俺は、いつでもケイに質問ができて助かるけど。先週まではほんと、大変だったもんな。頼むよ、先生！」

レオニッドが俺の肩を叩く。

俺は苦笑でそれに返す。レオニッドの明るさは俺を救うけど時々鬱陶《うっとう》しい。

「ハイ、ケイ」

作業部屋に行けば、スタッフが以前とは違う親密さで俺を迎える。ピクニックに行って、カラオケで馬鹿騒ぎをした後、彼らは目に見えて俺に気を許してくれるようになった。

「ケイ、ロシア語の歌は覚えた？」

「俺は日本語の曲覚えたよ」

お調子者のミーシャが『百万本の薔薇《ばら》』を日本語で歌いだす。この曲はもとはロシア民謡だ。前回俺が日本語で歌ったら、その場で日本語の歌詞を書かされた。

ミーシャはあまり音感が良くない。調子はずれなその歌声に笑い声が上がる。俺も思わず笑った。

「どうした、ケイ。元気ないんだって？」

レオニッドが肘《ひじ》でつつく。

「え？」

「ソーニャさんが、事務所で一人で寂しく留守番してるんだったらこっちに連れてこいって」

思わず振り返れば、作業部屋のリーダーのソーニャ女史が肩を竦《すく》めてウインクした。

「帰らなくていいわよ、ケイ。ナガツキサンが戻ってくるまでこっちにいなさいな。レオニッドのスクリプト作りを特訓して」

スタッフの心遣いに目を瞬《またた》く。ふっと心が温かくなった。

捨てる神あれば拾う神ありだと不意に思った。長月さんが捨てれば、スタッフが拾ってくれた。

少し目頭が熱くなる。

ありがとう、と俺は笑った。

だけど、……心の中では思ってしまう。

本当は長月さんがいい。捨てられたくなんかない。

胸の痛みを隠して、俺は「レオニッド、スクリプト見るよ。どこ」と明るい声を出した。


ウズベクの情勢は変化なしだ。大統領がロシアに脱出してしまったために全《すべ》てが停止している。周囲の国にも波及するようで波及していない。危険とも安心とも言い切れない微妙な状態が続いている。ウズベクへの渡航禁止令と陸路での移動禁止はまだ解かれない。ビシュケクに足止めされる状態がまだしばらく続きそうに見えている中、ＪＩＣＡキルギス事務所から電話がかかってきた。

電話は長月さんが受けた。

「……はい。来週の月曜日ですね。分かりました。日高に伝えます。いろいろとありがとうございました」

突然出てきた自分の名前に、俺は驚いて顔を上げた。

電話を切った長月さんは俺をまっすぐに見て「日高君、帰国準備だ」と開口一番に言った。

「え？」

思わず聞き返した。ボリスが顔を上げる。

「ビシュケクから北京への直行便が臨時で出るらしい。来週の月曜日の朝五時四十分。大使館が在留邦人用に数席座席をキープしたって」

目を瞬く。

――……帰れる？

思いがけない言葉に、数秒頭の働きが停止した。

「――長月さんも？」

「僕はまだ帰らないよ。正規アサイン期間はまだ二週間近く残っているからね」

「でも、二週間後にすんなり帰れるとも限らないじゃないですか」

「二週間後には落ち着いているかもよ。それに、キルギスにはまだ強制退去命令が出たわけじゃないから、アサインを切り上げて帰国する理由にはならないよ」

長月さんは肩を竦めた。

「それより、日高くんはまず帰国準備を始めたほうがいい。今日はもう金曜日だから、明日明後日《あさって》しか時間がないよ。作りかけのスクリプトは置いていっていいから」

「終わらせて帰ります」

俺は少し意地になって答えた。

「もし終わらなくても、日本で作ってメールでお送りします」

「それはだめだよ」

長月さんはきっぱりと言いきった。

「現地のことは現地で片をつけたほうがいい。君は日本に帰ったら営業社員なんだよ。スクリプトをいじっている余裕なんてないだろ」

「業務時間外に自宅ででも……」

日高くん、と長月さんは強い口調で俺の言葉を遮った。ボリスのほうを向く。

「ボリス悪いね、日本語で話すよ」

お気になさらずに、とボリスは微笑《ほほえ》んだ。タバコを吸いに行ってきます、と席を立つ。

ボリスが出て行った扉が閉まるのを待って、長月さんは俺に向き直った。

「日高くん。スクリプトをいじるのはこっちだけにしておきなさい」

その命令口調にむっとする。

「僕は最初に言ったよ。こっちにいる間はスクリプト作りを楽しめばいいと。それは、こっちにいる間だけの話で、日本にまで持ち込んじゃいけない」

「スクリプトが書けることはマイナスにはならないと思います」

「本業がしっかりできているならね。君の本業は営業だろう。しかも、まだ数年しかしていないひよっこだ。営業さえまだ半人前なのに、ここで浮気してどうする」

かっと顔が赤くなった。

本業の営業、林業大臣の怒りをおさめることさえ、長月さんの手を借りなければできなかったことを思い出す。

黙ってしまった俺に、長月さんは、厳しい顔を少し和らげてため息をついた。

「日高くんがジオインフォを好きだということは分かるよ。ジオインフォ室に入れなくてがっかりしたということも分かる。君は本当に楽しそうにスクリプトを作っていたからね」

諭すような柔らかい口調に息が詰まる。

先週まではよく耳にしていた口調。こんなときは、長月さんは必ず俺の頭か肩に手を置いたけど、今はその手はどこにも触れない。

俺はうつむいて唇を噛《か》んだ。

「だけどそれは、会社という組織に所属している以上は仕方のないことで、本当にやりたいことができないというのも実際によくある話だ。ここでのことは、偶然降って湧《わ》いた息抜きの時間だったと受け止めたほうが楽だよ」

「……そんなの」

納得したくない。だけど、もっともな言いようだと思ってしまう。ままならないことが山ほどあるのは確かだ。そんなこと、よく知ってる。

「日高君、君はまだ若いから納得できないかもしれないけど……」

「分かってます！」

思わず俺は叫んでいた。

そんなの、嫌ってほど分かってる。俺はまだガキで、会社のことなんか何も分かっていないひよっこで……！

長月さんは黙っている。俺は、その上着のポケットを見つめる。

「日高君」

長月さんが何かを言いかける。

「ケイ！」

ばんと扉が開いた。

「——レオニッド」

「ケイ、帰るんだって？　さっきそこでボリスに聞いた」

レオニッドの後ろから、ボリスが苦笑して入ってくる。さりげなく長月さんに近寄って「すみません」と謝るのが聞こえた。

「構わないよ、話はもう終わったから」

そう言って自分の机に戻ろうとする長月さんの背から俺は無理やりに視線を剝《は》がした。このまま見続けたら、話は終わってない、と叫びたくなってしまう。

「ケイ？　……やばいときに来た？　俺」

声を潜めたレオニッドに、俺は「そんなことないよ」と笑った。

「来てくれてよかった。あのままだとけんかになってたかもしれない」

レオニッドが驚いた顔をする。その背を俺はとんと押した。一緒にドアに向かう。

目の端に、席についた長月さんと、その隣に立って書類を見せているボリスの姿が映っていた。見たくない。ボリスとにこやかに笑う長月さんなんて。

「ケイ？」

「ごめん、なんでもない。作業部屋に行っていい？」

「いいよ、もちろん大歓迎だけど。……けんかは？　ちゃんと終わらせてきたほうがいいんじゃない？」

思いがけないレオニッドの言葉に俺は彼を見上げた。

レオニッドが複雑な顔をして俺を見おろしている。

「ケイは、いつでもナガツキサンに何か遠慮しているように見えるよ。言いたいことは言ってきたら？」

俺はレオニッドを見上げて少し笑った。

「いいんだ。いつだって俺は敵《かな》わないから。——ガキなんだって」

「そりゃナガツキサンと比べたらねぇ」

「長月さんってまだ四十前だよ、知ってた？」

うそ、とレオニッドが驚いた声を上げる。

「サギだよ、それ。絶対四十五くらいだと思ってた。若く見えるなぁと思ってたけど」

「三十七」

「老けすぎ。というか、偉ぶりすぎなのか。あの話し方は騙《だま》されるよ。ものすごく達観した話し方するじゃん。うちの偉いさんたちと話が合うって、中身まで老けすぎだよ、それ」

レオニッドのその言葉とおどけた表情に、俺はつい笑った。

そうか、老けてるのか。なるほど。年の差は十なんかじゃないのか。

「……ナガツキじいさん」

ぽつりとレオニッドがつぶやく。

笑いが収まらない。つぼにはまる。

「ケーイ」

「なに？」

笑いながら答える。

「あのさ、今度の日曜日にもう一回カラオケに誘おうと思ってたんだけど、出発前日だったら無理かな」

「作業部屋のスタッフみんなで?」

「もちろん」

「行くよ、行く。行きたい」

滲《にじ》み出た涙を拭《ふ》きながら答える。

本心から行きたかった。長月さんと二人であの部屋にいたくない。絶対に俺は長月さんに突っかかってしまう。最後に険悪な雰囲気になんかなりたくない。

「ありがとう、レオニッド」

「どういたしまして」

俺は少し考えてレオニッドを見上げた。

「あとさ、もしレオニッドの都合がよかったらだけど、日曜日だけじゃなくて明日の土曜日も付き合ってくれない? 日本へのお土産《みやげ》を買いにバザールに行きたいんだ」

「午後ならあいてるけど、バザールでいいの?」

「ほかにいいところがあるなら紹介してもらえると嬉しい」

「了解」

レオニッドがばんと俺の背を叩いて笑った。

その夕方、事務所を引き上げる直前に、長月さんは俺のＰＣから作りかけのスクリプトを引き上げていった。有無を言わせない強い態度で。

俺は大人しくスクリプトを渡した。こっそりとコピーを残して。

日本に帰ったら絶対に完成させて、長月さんがビシュケクにいる間に送りつけてやる。

心の中でひそかに決心して、俺は長月さんの背中を睨《にら》みつけた。

13

カラオケは大盛況だった。

人数が前回の倍以上に増えているのは、スタッフが家族も連れてきたからだ。

「ケーイ、楽しんでる？」

「楽しんでるよ」

「なんか、子供たちが歌ってばかりで大人は全然歌えないな」

「ぜんぜん構わないよ。楽しいじゃん」

アニメ人気はキルギスでも変わらず、子供たちはアニメの主題歌を歌いまくっている。中には日本の懐かしいアニメもあって「それ、日本のだって知ってる？」と聞くと「うそだー。

金髪じゃん」と思いっきり反論された。

「ケイ、長月さんは？」

ウォッカ片手にレオニッドが隣に座る。

「部屋にいる」

「来ればよかったのに」

「若者は若者で楽しんでおいでって言われたよ」

やっぱりナガツキじいさんだ、とレオニッドが弾《はじ》けるように笑う。

嘘《うそ》だ。俺は長月さんを今日のカラオケには誘わなかった。ただ、行ってきますとフラットを出ただけだ。多分遅くなります、と言って。

——荷物は出来た？

——出来てます。

——気をつけて。楽しんでおいで。君は次に彼らといつ会えるか分からないから。

——はい。行ってきます。

これだけだ。

土曜もろくに会話していない。

先週までの自分たちが嘘のように、俺と長月さんはギクシャクして過ごしている。いや、ギクシャクしているのは俺だけだ。きっと長月さんはほとんど変わらない。俺に話しかけるし、ときには笑う。ただ俺だけが、前のように素直に受け答えできないでいる。

「ケーイ、ケイ」

ソーニャさんの娘のリタが足に抱きつく。

「ケイ、紙の鶴作れる？」

「折り鶴のこと？　作れるよ」

「すごーい、教えて教えて。学校で自慢したいの。作れる人ほとんどいないんだよ」

折り紙は実はロシア圏ではよく知られている。

チェルノブイリの被爆者と広島、長崎の被爆者団体の間でまめに交流会が行われているのだ。広島で被爆した少女が千羽鶴を作り続けた話はロシアの教科書にも載っていて、折り鶴は願いをかなえる贈り物として喜ばれる。

ノートを正方形に千切って鶴を折り始めれば、子供たちがわらわらと寄ってくる。私も僕もといつの間にか折り紙教室だ。大人たちはここぞとばかりにカラオケを始める。

「えー、つぎどうするの」

「わかんないー」

「ぐちゃぐちゃになった……」

「できたー！」

子供たちは好き好きに叫ぶ。

大学ノートのページはあっという間に少なくなって、子供たちはテーブルナプキンを千切り始める。

俺は、自分の部屋から折り紙を持ってくればよかったと思った。和紙の折り紙は必ずスーツケースに入れている。自分で折らなくても、借りたお金を現地の人に返すときや、ちょっとしたメッセージを渡すときなどに使うと喜ばれるのだ。折り紙を知っている女性だと、そのままほしいと言われることもある。

「レオニッド」

「ん？」

「ここから俺のフラットって近い？」

「2ブロックくらいだけど、どうして？　もう帰る？」

「いや、部屋に折り紙があるから取りに行けたらと思って」

「一緒に行くよ。外国人の一人歩きはさすがにね」

レオニッドはウォッカを置いて立ちあがる。

「ありがとう」

「どういたしまして」

レオニッドは必ず日本語で「どういたしまして」と言う。そのおどけた表情が俺はけっこう好きだ。

俺は少し笑った。

「ちょっと待ってて。すぐ取ってくる」

フラットの入り口でレオニッドを待たせて、俺は階段を駆け上がった。

以前ならためらいなく鳴らした呼び鈴を押さずに、自分の鍵でドアを開ける。靴を脱ごうとして、俺は見たことのない革靴が置いてあるのに気付いた。とっさに物音を抑える。

見覚えのある、スタイリッシュで細身の茶色い革靴。どきりとする。

――ボリスが来てる……？

長月さんの部屋を見る。ドアは完全に閉まりきってはいず、BBCの音が漏れてきていた。

長月さんはいる。……ボリスもいるのだろうか。

挨拶をするべきだろうか、と一瞬考える。

だけど俺は頭を振った。二人きりの姿を見たくない。長月さんの部屋から二人が出てくる気配もない。きっと俺が帰って来たことにも気付いていないのだから、このままこっそりと出て行こう。

俺は静かに自分の部屋に入って、スーツケースの鍵を開けた。

折り紙を探し出して、そっと廊下に戻る。

長月さんの部屋からは、相変わらずテレビの音が漏れてきている。

二人一緒に並んでテレビを見ているのだろうか。ベッドに座って。

……ざわりとした。どろどろとした気持ちが湧き上がる。

見ちゃいけない。プライバシーの侵害だと思っているのに、俺はドアの隙間《すきま》に手が伸びるのを止められなかった。テレビを見ているなら、二人は入り口に背を向けている。覗《のぞ》いても気付かれない。

隙間に顔を寄せる。

ベッドの端が見える。だけど、そこに二人の姿はなかった。テレビだけがついている。

——え？

思わず少しドアを押してしまう。ベッドが真ん中当たりまで目に入る。

どきりと心臓が鳴った。

絡み合った四本の足が見えた。ブランケットタオルから出ている白い膝《ひざ》。何も身に着けていない足。

「……——……」

心臓が止まる。

押しすぎたドアがキィと小さな音を立てた。

長月さんの下になっていたボリスが目を開ける。

ドアの向こうで立ち尽くしている俺を見つけて、目を細めて笑った。

眠る長月さんの裸の背を撫《な》でながら。


「どうした、ケイ。真っ青だよ」

階段を駆け下りてきた俺を見て、レオニッドは驚いた声を上げた。

「……なんでもないよ。大丈夫。カラオケに戻ろう」

「ケイ、具合が悪いなら無理して戻らなくても」

「いいんだ！」

俺は叫んだ。

レオニッドの腕を摑《つか》む。

「カラオケに戻る。……行こう」

あの部屋には戻れない。

戻れっこない。長月さんとボリスがいる場所になんか。

二人とも、何も着ていなかった。……裸だった。

ぐらぐらと頭が揺れた。今更ながらウォッカが回ってきたように、視界が薄暗く煙った。

……息苦しい。

14

勧められるままにかぱかぱとウォッカもワインもコニャックも飲んで、それでも一切酔えないまま俺が帰宅したのは夜も十一時を回った頃だった。

自分が酒に強いことがこんなに恨めしかったことはない。腹がたぽたぽして気持ち悪いくらいなのに、意識は情けないくらいはっきりしていた。

ドアを開けるのと同時につい玄関の靴を見た。

ボリスの靴は消えていた。

だけど、ほっとなんてしない。長月さんとボリスがそういうことをしていたのは事実なんだ。唇を嚙んで顔を上げるのと前後して、長月さんの部屋のドアが開く。

「遅かったね。明日は朝三時にタクシーが来るから。寝坊だけはしないでくれよ」

いつもの口調に、思った以上にかっとする。

帰ってこられなかったのは長月さんのせいじゃないか、と思う。本当はもっと早く帰って来られた。カラオケは八時に終わったのだから。だけど、帰ったときにボリスと鉢合わせするのがいやで、レオニッドに頼んで喫茶店に付き合ってもらったのだ。

「日高君、聞こえてる？」

「聞こえてます」

「かなり飲んでるようだけど、吐けるなら吐いたほうがいいよ。飛行機で気持ち悪くなったら最悪だから。まったく最後の日になんでこんなに……」

お小言にむかむかが湧き上がる。

きっとこれまでなら流して笑えたはずの小言が、全部俺の神経を逆なでした。

「……ボリスはいつ帰ったんですか」

気がつけば口に出してしまっていた。

長月さんが驚いた顔をする。

「ボリスとはセックスしたんですか。最後までしたんですか」

長月さんが驚いた表情のまま髪をかきあげる。

「途中で一度戻ってきたんです。長月さんはボリスの体の上で眠ってました。裸で」

長月さんが、その言葉を聞いた途端にくすりと笑った。

「そこまで見たなら、僕の答えを聞くまでもないだろう」

「最後までやったんですか」

思わず悲鳴のような声になった。

「このあいだまで僕にキスしてたくせに、僕の体に触ってたくせに……！」

長月さんは僕を見おろしたまま、ふう、とため息をついた。

「君には、手を出せないよ」

「なんで……！」

俺は手を出してもらっても構わないと思っている。思っているのに……！

睨みつける俺の顔を見つめて、長月さんは不思議な顔をして笑った。

「ボリスは大人だから」

かちんとした。

「僕が子供だから抱けないって言うんですか」

長月さんの表情は読めない。困ったような、笑っているような、たしなめているような顔。

「……僕だって、セックスくらいできます」

俺は長月さんのシャツの襟首を両手で握り締めた。引き寄せて爪先《つまさき》立ちをし、強引に唇を寄せる。歯と歯がぶつかる勢いで唇が合わさる。

長月さんの背を壁に押し付けて、その頬《ほお》を押さえて、俺は深く唇を吸った。

何度も、幾度も方向を変えて、息が上がるまで。

長月さんは俺のしたいようにキスをさせている。近すぎて表情は見えない。ただ、その両手が俺の体に回されることはなかった。それが悔しくて、何度もしつこく唇を押し付ける。

俺は体を離した。

熱い息のまま長月さんを睨むように見上げる。長月さんは、これで終わり？　というように笑った。

かっとする。

台所に駆け込もうとして、その手を摑んで引き戻される。

「どうする気？」

「強引にウォッカ飲ませます」

「酒の力を借りるんだ」

からかうような口調に、かっと体が熱くなる。だけど、俺は長月さんを睨み上げた。

「卑怯《ひきょう》でも情けなくても構いません。――俺は、長月さんとセックスするんです」

長月さんがくすりと笑う。

「そんなものなくても僕はいつでも君を抱けるよって言わなかったっけ」

手首を握り直される。

その力の強さにどきりとした。

長月さんの顔が近づく。キスされる、と思った。

だけどそれは、吐息の熱も感じるほど近づいてからふいに止まり、……長月さんはささやくように言った。

「今だけだよ」

よく分からないその言葉に目を開ける。だけど、近すぎてその表情は見えない。

「日本に帰ったら、全部忘れなさい」

「……忘れません」

長月さんは何も言わない。

「どうして忘れられるっていうんですか。僕は絶対に忘れられない」

すぐそこにある唇は、近づきも遠ざかりもしない。

俺は長月さんの胸に両腕を当てて、力いっぱいドアの方向に押した。

ドアにぶつかってよろめいた長月さんをそのままソファーベッドに押し倒す。

ベッドに仰向《あおむ》けに倒れこんだ長月さんにまたがって、伸《の》し掛かるようにその体を押さえる。

頭と肩で胸を押さえて、強引にシャツのボタンを外した。裸の胸に手のひらを這《は》わせる。

「……まったく、君は……」

長月さんの呆《あき》れたような声が頭の上から聞こえた。

次の瞬間、俺は体勢を崩され、あっさりと長月さんの体の下に巻き込まれていた。

苛立《いらだ》ったような表情にどきりとする。

だけどそれを見られたのは一瞬で、後悔する間もなく、俺は長月さんに噛み付くようなキスをされていた。

左腕が痛い。

長月さんの体の下に敷かれて動かせない。

「――う、……ん、……ん、んん……っ」

唇はキスで塞《ふさ》がれたまま。

背中から回った右腕は俺の右の乳首を痛いほど弄《いじ》って悶《もだ》えさせる。足を絡めて開かれた左足は閉じることすらできずに、無防備に晒《さら》された股間《こかん》はさっきから湿った音を聞かせ続けている。長月さんの唾液《だえき》とともに後腔《こうこう》に入り込んだ二本の指は、俺がどれだけ痛がってもその場所を拡《ひろ》げる行為を止《や》めようとしてくれない。

男と男のセックスがこんなに激しいものなのだということを、俺は初めて知った。

息をつく余裕もない。ひたすら振り回される。羞恥心《しゅうちしん》を自覚する間もなく、俺はひたすら感じさせられて喘《あえ》がされていた。

「あ、――痛……っ」

ようやく唇が解放されたかと思ったら、今度は左の乳首を強く吸われた。びくんと大きく体が震え、じわっと涙が滲む。

体の左側に密着する長月さんの体の熱。汗の匂《にお》い。そんなものにすら俺の意識は反応し、与えられる痛みを、抱かれているという快感に変えて全身を埋め尽くす。

胸の尖《とが》りを嚙まれ、爪を立てられて、泣くみたいに息が乱れる。大きな手で性器を扱《しご》かれて苦しいくらいに煽《あお》られて、頭の中で描いていた甘さとは正反対なのに、それでも俺はこうやって俺を弄って息を荒げる長月さんが愛《いと》しい。触ってもらえて嬉しい。

「……ああ、いっ……、っ」

ぐちゃぐちゃと股間から音が聞こえる。引き伸ばされた後ろの穴は、最初こそ痛かったけれど、もう感覚がない。中に入り込み、浅いところをぐいと押されて時折重い痺《しび》れが腰を貫くばかりだ。

「ひ……、ぅ」

ぶわっと腰に震えが走って、また声が出てしまう。

汗だくになって声を漏らすのは俺ばかりで、長月さんは何も言わない。言ってくれない。それは、俺の強引さにものすごく怒っているからだと分かるのだけど、——きっと、この乱暴な扱いもそのせいなのだろうけど、そんな後悔も頭から消えるくらい、長月さんは俺を喘がせ、悶えさせた。

息が熱い。喉《のど》が痛い。汗が目に入る。

長月さんの昂《たか》ぶりが俺の腰にぶつかる。俺を弄《もてあそ》んで長月さんも興奮していた。それが嬉しい。俺も長月さんも股間を昂ぶらせているのならば、少なくともこれはセックスだと思おうとする。

長月さんのキスが俺の唇に戻った。

そのまま体も俺の正面に移動し、両膝の裏に長月さんの手がかかった。熱い手のひらにどきりとする。ぐいと膝を押され、腰が上を向く。弄られすぎて感覚が鈍くなった後腔に長月さんの怒張が触れる。

――あ……。

ぞわっと鳥肌がたった。無意識に息が詰まり、喉が鳴る。

繋《つな》がるんだ、そう思ったら一気に鼓動が爆発した。ぶわっと汗が湧き、全身が硬くなる。

「――望みどおり、セックスだ」

唇を触れ合わせたまま、長月さんが囁《ささや》いた。

ベッドに入って初めての言葉だった。……のに、それはあまりに冷たく聞こえて……。

「あ、ああっ……っ！」

次の瞬間、俺は大きく悲鳴を上げていた。

長月さんは、俺の体の中に一気にすべての昂ぶりを埋めた。

「……ひ、う……っ……っ」

衝撃に全身が強張《こわば》り、涙がぶわっと溢《あふ》れ出た。

痛くはない。だけど、違和感がものすごくて苦しい。内臓が口から出そうだ。

唇を嚙み締めるのに、隙間から漏れる引き攣《つ》った息が泣き声みたいに音を立てる。

「どう？　これが、君がしたがった行為だよ」

胸と胸を合わせ、長月さんが耳元で囁く。

その意地悪な口調に、ぎゅうっと胸が絞られた。初めて、悲しいと思った。

後悔が湧き上がって呼吸が乱れ、胸が波打つ。

「――う、う……うぅ……っ」

我慢できなかった。堪《こら》え切れなかった泣き声が、情けなく喉から溢れる。ひっくとしゃくりあげた俺に、長月さんが「泣くくらいなら……」と呆れたように言いかける。

俺は、その首に抱きついた。

「い、……やだ……っ」

語尾は情けなく裏返った。長月さんが動きを止める。

「やめないで……っ、これでいい。これでいいから……っ」

長月さんが息を詰めるのが分かった。俺の膝を押す手が固まり、戸惑っている。

だけどやがてそれに力が戻り、長月さんの腰が少し離れたと思った次の瞬間、差し込みなおすようにぐっと強く抉《えぐ》られた。

「あ、……うっ……！」

俺は長月さんの首にしがみついたまま悲鳴を上げた。

そのまま長月さんは腰を前後に動かし始める。

「あ、ああっ、……あ、うっ、……う、っ」

立て続けに声が漏れた。圧迫感が体の中を出たり入ったりする。内臓がかき混ぜられる。

気持悪い、――苦しい。苦しい、辛《つら》い。俺は必死で首にしがみついてそれを耐えた。

男同士のセックスなんて、どうしようもなく無理がある行為なんだと体で実感する。

だけど、逃げようとは思わない。ボリスだってこれをしたんだ、だったら俺だってできるという対抗心。あとは、長月さんに呆れられたくないという思い。ここで逃げたら、きっともう二度と触ってもらえないという恐怖があった。長月さんを失いたくなくて、俺は必死でそれに耐えて、全てを受け入れる。

「う、く……っ、う、うぅ……っ」

ものすごく長い時間のような気がした。いつまでも終わらないように思えた。

苦しくて早く終わって欲しいような気持ちと、でも、どんなに苦しくてもいいから終わって欲しくないような気持ちが交互に襲ってきて、頭がぐちゃぐちゃになり、とうとう俺は「長月さん……っ」と懇願するように声を漏らした。

「――長月さん、な、長月さん、長月さん……っ」

長月さんの頭にしがみつく。

俺は、しゃくりあげながら、何度も長月さんの名前を呼んだ。掻《か》き抱いた腕で、長月さんの髪をかき混ぜる。涙をぼろぼろと零《こぼ》し、息を引き攣らせながら、俺は目の前の想い人の名前を繰り返した。

長月さんが動きを止めた。

すうっと体が楽になる。だけど気を抜くのは怖くて、俺はしばらく息を詰めていた。

「――本当に、君は……」

長月さんの声が聞こえた。その声からは、怒りの要素が消えていた。俺は驚いて目を瞬く。涙が散った。

少し身を離し、長月さんの手が俺の頬に触れる。唇が塞がれる。

ひどく優しい手のひらと、唇に思えた。さっきまでの触れ方と全く違う。

頬を撫でたまま、緩やかに腰が動き出す。

俺は驚いて息を呑《の》んだ。苦しくない。

「――あ……」

乳首を触られた。痛む先端を避けて触れた指は、ゆっくりと薄い胸を包んで揉《も》む。ふわっと緊張が解けて、次の瞬間、体が温かくなった。それで俺は、自分の体が苦痛を堪えるあまりに緊張して冷え切っていたことを知った。

長月さんの唇は優しい。慈《いつく》しむように唇をついばみ、舌を吸いだして甘く噛む。

「ふ、……ん……ふっ」

緩やかに穿《うが》たれ、体が温まっていく。

長月さんの態度がなんでこんなに突然変わったのかは分からない。だけど、切り替わった触れ合いはなぜか胸を引き絞るみたいに温かくて、さっきまでとは別の意味でなんだか泣けてきた。

長月さんの唇が俺の唇を離れ、頬を撫でる。

顎《あご》にキスを落とし、喉を軽く吸う。それは、こんなことになる前に、幾度となく受けていた愛情のこもったキスだった。胸が詰まり、喉が音を立てる。

「日高君、——動くよ」

今更のことを囁き、長月さんの腰が大きく前後に揺れ始めた。だけどそれは、俺の快感まで引き出そうとするように慈しみが溢れていて、でも、情熱的で、俺はあまりの違いに戸惑ってどうしていいか分からなくなった。唐突に怖くなって、首を振る。

「……や、だ」

「今更言うのかい？　もう遅いよ」

長月さんがひどく優しい声で言った。そのまま唇を塞がれる。

俺を穿つ長月さんの息。腰がぶつかる音。ベッドが軋《きし》む。

それに、俺の掠《かす》れた……甘い喘ぎ声が真夜中のリビングに満ちる。

長月さんの手が俺の頬を包んだ。生え際の髪を、我慢できないかのように強くかき混ぜて、触れた口は貪《むさぼ》るように俺の舌を探す。それは強引だけど、さっきまで受けていた乱暴さとは全然違って……。

波のように穿たれ、体がどんどん熱くなる。

熱い湯船に落とされたように体温が上がる。溶け落ちそうな甘い恐怖。

「あ、……ん、っ」

延々と続く交わりに、意識がぼうっとし始める。攪拌《かくはん》される。浮かされる。

——長月さん。

心の中で名前を呼んだら泣きたくなった。

——……長月さん、長月さん……長月さん。

泣きたい。泣いてしまいたい。

好き。どうしようもなく好きで……。

どのくらいの時間が過ぎたのか、ふっと気付けば俺は、長月さんの肩に横顔を預けて荒い息をついていた。もう体は繋がっていない。じんじんと重たい腰と股間が、まだそんなに時間が経《た》っていないことを俺に知らせた。

鼓動が聞こえる。長月さんの息の音と、俺の息の音。

頬に触れた肩が熱い。半分だけ触れ合っている胸がまだ湿っている。

長月さんも俺も、ずっと黙っていた。

長月さんは目を開けているのだろうか、閉じているのだろうか。俺からは見えない。

何かを言う気にも、何か言わなくちゃいけないという気にもならなかった。

目を閉じる。肌の熱。肌の匂い。

薄暗がりでゆらゆらと漂っているような心地よさ。

長月さんの肩が動いた。

頭に手が触れる。さわり、と指の感触。一度だけ髪を撫でられた。

どきりとする。懐かしい感触に息が詰まった。

長月さんの手は、頭に触れたまま動かない。

触れたままの手のひらから、じわじわとぬくもりが伝わってくる。

また泣きたくなった。幸せなのか、悲しいのか、分からない。ただ切なかった。

俺はそっと唇を噛んだ。

何も言わなくてもいい。言えばきっと俺はまた突っかかってしまうから。

こうやって身を任せているだけのときが、きっと俺は一番正直で素直で。……切ないのに、
泣きたいほど幸せで。

——長月さん。

——長月さん長月さん。

何度も心の中で唱える。

繰り返し繰り返し。


二時半に、遠くで時計が鳴った。

仮眠するつもりだった俺が、タクシーに乗り遅れないようにセットしておいた目覚ましだ。

ほっとため息をつく。

穏やかな時間はおしまい。

俺は意志の力を総動員して、長月さんの肌から自分の体を引き剝がした。頭に触れていた手がするりと落ちる。

見おろした長月さんは、黙って俺を見上げていた。

「……じゃあ、行きます」

長月さんは感情の読みきれない不思議な顔をしていた。一方の俺はきっと泣きそうな顔をしていたと思う。

長月さんに背を向けて、床に散乱した自分の服を取り上げる。

「日高君」

長月さんが静かな声で俺を呼んだ。

俺は振り返らなかった。

「——いつかの引き出しは捨てておいて」

「捨てません」

俺は長月さんの言葉を遮って短く言った。

振り返る。

長月さんはまっすぐに俺を見ていた。

「持ってたっていいでしょう……?」

長月さんは何も言わなかった。

俺もすぐに前を向いてしまったから、長月さんがどういう表情をしていたのか分からない。

俺は静かにドアを閉めて自分の部屋に戻った。

胸が痛い。泣き叫んでしまいたい。だけどそんなことしない。

それが、長月さんとキルギスで交わした最後の言葉になった。


帰りの飛行機で、俺はひたすら寝通した。

何度か目を覚ましたけど、強引に目を閉じて最初から最後まで目を閉じていた。

何も考えたくなかったし、何もしたくなかった。

一ヶ月ぶりに戻った日本はまだ夏だった。

慣れ親しんだ湿った空気と音は、あっさりと俺を日本の隙間にはめ込み、キルギスの記憶から現実味を奪っていく。

俺が足掻《あが》こうと何しようと構わずに、強引に。

何かが変わったような気がしたのに、以前の俺と今の俺は何かが変わったはずなのに、そんな感覚さえさらさらと指の間から零れて行ってしまう。

俺は立ち止まって空を見上げた。

空くらいは向こうと同じだろうと思ったのに、その色さえも全然違っていた。

帰国して二日目、俺は完成したスクリプトを長月さんにメールで送った。

開封通知は返ってきたけど、長月さん本人からは返事は来なかった。

15

レオニッドはまめにメールをくれる。

街のこととかスタッフのこととか、家族のこととか。長月さんが予定通りの飛行機で帰ってくることも、俺はレオニッドからの連絡で知った。

「日高、営業会議の時間が早まった。一時だって。あと十五分しかないけど資料間に合う？」

「大丈夫ですよ、あとは人数分コピーするだけです」

「サンキュ。明日のコンサルへの提案書は？」

「まだ終わってません。会議のあとで最終確認お願いします」

「はいよ」

先輩は慌《あわただ》しく営業部屋を出て行く。

振り向けば、コピー機の前には誰もいない。チャンスだ、と俺は作りかけていた提案書を上書き保存して、会議用資料を手に席を立った。

「日高、コピー？」

「はい」

「今、コピー機紙詰まりしてるよ」

「ええ？　誰ですか、紙詰まりにしたままどこか行っちゃった人」

「部長。時間ないから悪いって、そのまま行っちゃった」

「ああもう」

そうなると結局コピー機をいじるのは俺だ。ワイシャツの袖《そで》をまくってコピー機の扉を開ける。

「あーあ、ぐちゃぐちゃ。両面だ」

開き直って、床に膝をついてカートリッジを取り出す。

「日高ー！」

「はーい」

「コピーできたー？」

「まだです。でも間に合いますから」

営業部屋はいつも慌しくて騒がしい。そして一番の下っ端の俺は、大抵その慌しさに振り回されている。

だけど今日は、その慌しさが救いになる気がした。

長月さんは一昨日《おととい》帰国している。今日は初出社しているはずなのだ。ちょっとした意識の隙間に、長月さんはすっと入り込んでくる。意識したくないと思えば思うほど、頭の片隅に長月さんが巣食う。

ちらりと時計を見る。

あと十分。コピー三十五部は余裕で終わる。

よし、と俺はコピー機の扉を閉じた。

エラー表示が消える。

長月さんに会いたいのか会いたくないのか自分が分からない。

技師長室の前を通ってみたくなって遠回りをし、それなのにその扉が閉まっていて中が見えないとほっとする。

そうして、同じ社内にいるはずなのに長月さんと一度も顔を合わせないまま一週間が経ったときだった。

電車が遅れて駆け込んだ正面玄関でばったりと長月さんに会った。長月さんはタイムカードを押していた。

どきりとする。一瞬で体が固まった。

「お、はようございます」

長月さんが振り向く。

目が合う。

そして長月さんは黙って目を逸《そ》らした。

俺の存在なんかまったく気付かなかったように、すっと俺に背を向けて歩き出す。

完全無視。

「——なんだよ、それ……」

姿が見えなくなってから、俺は壁に寄りかかって呆然《ぼうぜん》としてつぶやいた。

不思議なもので、一度顔を合わせてしまうと、その後は毎日のように顔を合わせた。廊下で、休憩室で、玄関で。「長月さん」という言葉もよく聞く。

そのたびに長月さんは俺のことを空気のように無視した。

最初こそショックを受けていた俺も、ここまで徹底的に無視されるとむらむらと反抗心が湧いてきて、今では顔を見ると強引に「おはようございます」と大声で声をかける。

その場に第三者がいれば、長月さんは目を合わせて「おはよう」と言うくらいはしてくれる。誰もいなければ無視だ。

俺と長月さんの攻防はいつの間にか営業社員の間で知られるようになり、「お前も気張るなぁ」とからかわれるまでになってしまった。

「それにしても、日高君、あの長月さんと現地で二人きりだったんでしょ。大変だったねぇ」

「ほんと悪かったな、日高。俺がアフリカに行ったばかりに」

先輩たちの言葉に、俺は「そんなことなかったですよ」と答える。

「長月さん、あれでかなりいい人ですよ。親切だったし。いろいろ教えてくれたし」

嘘は言っていない。真実だ。だけど先輩たちは「お前ってほんと不憫《ふびん》なやつだな」と俺の肩を叩く。

「どれだけ辛い育ち方をしてきたんだ？　あれを親切だと言えるっていうのは相当だぞ」

「いや、だから、現地の長月さんは親切なんですって」

誰も理解してくれない。まあ、俺も当然だと思うからしつこくは言い募らない。実際、俺だって現地の長月さんに会うまではそう思っていたのだから。

だけど、そんな中で一人だけ「親切な長月さん」を否定しない人がいた。

ジオインフォ室の甲斐《かい》さんだ。うちの会社で唯一のジオインフォマスター。俺のあこがれの人。そして、長月さんに、俺と長月さんが似ていると言った人。

「甲斐さんは、親切な長月さんを知ってるんですか」

知ってるよ、と休憩室でタバコを吸いながら甲斐さんは答えた。

いつでもゆったりと構えて笑みを絶やさない、見るからに理想の上司の甲斐さん。国内でも数少ないジオインフォマスターなのに、決して驕《おご》った態度はとらないで、率先して部下の育成に努めている。——現地の長月さんとイメージが被《かぶ》るところはあるけど、日本の長月さんとは正反対の人だ。

「長月さんと僕が似ていると仰《おっしゃ》ってたみたいですけど」

甲斐さんは、くすりと笑いながら顔を背けて煙草の煙を吐いた。

「そうだね。似てるよ。危なっかしいところが」

俺は変な顔をしていたと思う。

甲斐さんは煙草の吸殻を携帯灰皿にすっと入れて、さっと席を立った。

「それじゃ」

肩越しに手を振って去っていこうとする。

「甲斐さん」

「ああ、そうそう」

俺の声なんか聞こえなかったように振りかえる。

「海外でのジオインフォ案件、もっと難解なやつ頼むよ。じゃないと長月君が酸欠になる」

今度こそ俺は顔をしかめた。

長月さんが酸欠？

その言葉を頭の中で嚙み砕いているうちに甲斐さんは休憩室から出ていってしまった。その颯爽とした後ろ姿を眺めて、俺はふぅとため息をつく。

謎掛けみたいな会話を仕掛けるところが、長月さんと甲斐さんこそ同類だとしみじみ思った。まったく、頭の回転を試されているような気持ちになる。


「……だめだ。整理つかないや」

俺は提案書の原稿の上に突っ伏した。

アフリカ案件の概算見積もりを出そうとしているのだが、システム関係のところの必要経費がどうしても整理できないのだ。

時計を見上げる。十時を回ったところだ。営業部にも俺しか残っていない。だめでもともとだと思いながらジオインフォ室に内線電話を掛けてみる。

呼び出し音が鳴り続けるだけで誰も出ない。

「やっぱりいないよな」

ジオインフォ室は、徹夜が頻発する一方で、仕事が薄い時期にはきっちり定時で人がいなくなる。今はどちらかと言えば薄い時期だ。

そうなると、この内容を問い合わせできる人は俺には長月さんしか浮かばない。というよりか、これまでジオインフォ室しかできないと思っていたことが、実は長月さんでもできるということに気付いたというほうが正しい。

「……長月さんか」

長月さんの態度は相変わらずだ。今朝も思いっきり無視された。

長月さんに対する俺の感情は複雑だ。時にはむっとし、時にはむらむらと対抗心を起こし、時には「やっぱりね」とあきらめの気持ちになる。それは俺自身の精神状態にも大きく左右されている。

俺はしばらく受話器を見つめたあと、意を決して長月さんの内線番号を回した。

まだいるだろうか、もう帰っただろうか。心臓が音を立てだす。

『はい。長月です』

ワンコールも待たずに、聞きなれた声が返ってきた。ぎくりと体が揺れた。とっさには声が出ない。

「あ、日高です」

ワンテンポ遅れて返せば、電話の向こうの空気が硬くなった気がした。

「遅くにすみません。少しお時間いただけますか」

『……なんですか』

声は限りなく冷えている。俺は受話器を握り締めながら目を閉じた。

「アフリカ案件のシステムの見積もりを立てているんですが、分からないところがあるので教えていただきたいんですけど」

『それは、ジオインフォ案件ですか』

「はい」

『だったら断ります』

即答だった。

「……なんで？」

『僕はジオインフォ担当じゃありませんから』

「でも、ジオインフォ室にはもう誰もいなくて……」

『明日問い合わせればいいでしょう』

その冷たい口調にかちんときた。明日で済む話だったら、わざわざ電話なんてしない。

「長月さんだってジオインフォの見積もり立てられるじゃないですか。ビシュケクで幾らだって立ててたでしょう」

キルギスにいたときの口調で声を荒げてしまう。

『日高君』

ゆっくりとした、冷たい口調だった。

『専門の部署があるのに、そこ以外の人間が口を出したら角が立つにきまってるでしょう』

「でも、長月さんと甲斐さんは仲がいいって……」

ふぅ、と長月さんが電話の向こうでため息をついた。

それに、と呆れたような口調で続ける。

『僕だって、やることがあるから残業してるんですよ。担当外のことに時間を割いている余裕はないって分かってもらえませんか』

ぐっと言葉に詰まった瞬間に、電話は切れた。長月さんが切った。

俺は、ツーツーと音を立てる受話器を唇を噛んで見つめていた。

悔しいというよりも、腹が立つというよりも、ただ、ものすごく悲しかった。胸が痛くて苦しくて、本気で泣くかと思った。

考えてみれば、これが、キルギスから帰って初めて長月さんと交わした長い会話だった。

俺はまだどこかで期待していたのだろう。二人きりだったら、きっと、キルギスのときみたいに話してくれるだろうと。だから、どれだけ無視され続けても強気でいられたんだ。

そんな甘い予想さえもばっさりと斬《き》られて、俺は受話器を握り締めてデスクに突っ伏した。

ツーツーというかすかな音がいつまでも耳に届いていた。

16

技師長室には六人の技師長がいる。

長月さん以外の技師長は定年退職後、あるいは定年間際のベテランだ。うちの会社がこの分野で業務を行っていく上で、なくすことのできない地位やネームバリュー、国家資格を持っている人たちが籍を置いている。

「吉田《よしだ》技師長」

俺はコンコンと技師長室の扉を叩いた。

ちらりと中を覗いて少しほっとする。長月さんの姿はない。

定年近くの小柄な技師長は読んでいた学術雑誌から顔を上げて、いかにも人好きのする顔で「おお日高君」と笑った。

「今、大丈夫ですか」

「いいよいいよ、僕一人で暇していたところだ」

こいこいと手で招く。

「ありがとうございます。今日はお一人なんですか？」

「中島《なかじま》くんと長月くんがいるんだけどね、二人とも席を外してる」

長月さんと言われて、どきりとする。

本当は技師長室に来るのもためらったのだ。だけど、技師長に対して電話でことを済ませるのは失礼だと足を運んだ。長月さんがいないことを願いながら。

電話で拒否されたあの時以来、長月さんとは本気で顔を合わせづらくなってしまった。遠くに姿を見かけるとルートを変えてしまうくらいに。

それでも、気になることには変わりないのだけれど。

「で、今日の用は？」

「例のアフリカの件なんですけど、現地で使用されている図化機の種類が判明したんで、この見積もりで大丈夫か確認していただこうと思いまして」

歩きながらクリアファイルから書類を出す。

長月さんの席は吉田技師長の隣だ。なるほど、長月さんのパソコンのディスプレイはついている。

「ほー、意外と癖のあるもの使ってるね」

「前にフランスの援助の手が入ってるからだと思うんですけど。やっぱり一癖ありますか」

「うーん、これはねぇ」

吉田技師長は席を立って壁際のキャビネに歩いて行く。

資料探しをする小さな背姿から目を離して、俺は資料を手に取った。この状態になってしまうと、技師長は文献探しに没頭してしまい、俺の出る幕はなくなる。

ポン、と小さな機械音がして、長月さんのディスプレイの様子が変わった。

社内LANのメールソフトが自動で立ち上がる。着信があったらしい。

何気なくそれを見つめ、俺は「新規メールがあります」の小さなポップアップの向こうの着信履歴の中に、キルギスからのメールが多くあることに気付いてしまった。

どきりと心臓が鳴る。

見慣れたそれは、ボリスの使用しているアドレスだった。

ボリスはただの通訳だ。長月さんが日本に帰国した時点で契約は終わっている。もう関係はないはずだった。

それなのに、かなり頻繁にメールのやり取りをしている。

ざわっと体が熱くなった。頭の中に、なんだか分からない激しい感情が押し寄せてくる。

なんだろう、これは。悔しい、悲しい、ショック、……。

激しくなった鼓動が耳に届く。

日本の長月さんなのに、長月さんはもう日本にいるのに、俺とは言葉も交わしてくれないのに、ボリスとは以前のように付き合っているのだろうか。俺がキルギスの長月さんにいくらメールを出しても一度も返事をくれなかったのに。

——ボリス。

端整な彼の顔が頭に浮かんだ。

無意識に唇を嚙み締める。

……悔しい。

長月さんを横取りしたくせに。余計なことを言って、俺から奪ったくせに。ボリスがあんなことを言わなければ、長月さんと俺はこんな状態にならなかったかもしれないのに。

悔しい悔しい悔しい。息が熱くなる。

長月さんのディスプレイを睨みつける。

何が書いてあるんだろう。長月さんとボリスはどんなやり取りをしているんだろう。……見てしまおうか。

書類に触れている指先に力がこもる。

ほら、マウスに触れて、かちっと一回クリックすれば……。

「日高君」

ぎくりと背中が震えた。

振り返れば、吉田技師長が頭を掻きながらこっちを見ていた。

「……はい、なんでしょう」

「例の図化機なんだけどね、今すぐには資料が見つからないみたいだから、見つけたらこっちから知らせるよ」

「あ、はい」

椅子から立ち上がる。

「すみません、お手数おかけします」

頭を下げれば、「どうせ暇だからいいよ」と技師長は笑った。

技師長室を出て静かに扉を閉めて、俺はぐったりと壁に寄りかかった。大きく息をつく。

心臓がばくばくと鳴っている。

後から連絡をくれると言ってくれた技師長に心から感謝する。あのままあそこにいたら、
俺はきっと長月さんのメールを見てしまっていた。……そんなの、最低だ。

だけど、マグマのようなどろどろした熱は、まだ俺の体の中に渦巻いている。

悔しい、悲しい、恨めしい。傷ついた心がぎしぎしと音を立てる。瞬きも出来ない。

俺はこんななのに、ボリスはどうして……！

ボリスと俺と、一体何が違うって言うんだ。……長月さん！

俺は唇を噛んだまま、両手を握り締めて床をにらみつけていた。


休憩室の窓から外を眺める。

下校する小学生の私服に長袖が交じっている。

「そっか」

いつの間にか秋が近づいていた。日本に帰って来たばかりのときはあんなに暑かったのに、気がつけばスーツの上着を着ていても苦にならない季節になっていた。

「一ヶ月以上経ったら当然だよな」

そんなに経っているなんて思いもしなかった。

長月さんの一挙一動におろおろしているうちに、なんだかあっという間に通りすぎてしまった気がする。

俺は、カップのコーヒーをぐいと煽った。

さすがに、これじゃいけないと思う。仕事をおろそかにしているわけじゃないけど、自分でも、以前ほど集中できていない気がしていた。

だけど、どうしても気になってしまうのだ。

長月さんがボリスと連絡を取り合っていると知った一昨日からは特に。どんな話をしているのだろう。仕事の話だろうか、それとも恋人のように穏やかに……？　気がつけばそんなことばかりぐるぐると考えている。

一時期のように、顔を見れば強引に話しかける強さは消えた。あれは、ゲーム感覚に近い軽さだったと思う。

今はただ、鬱々と苦しくて。顔を見るとつらくなる。

俺は、空になった紙コップを手にしたまま椅子に腰を下ろした。テーブルに肘を突いて目を閉じる。

窓の外からは子供たちのはしゃぐ声。

誰かが廊下を歩いてくる音が聞こえる。休憩室に飲み物を買いに来たのだろうか、自販機の前で止まった。

こんな場合、俺は大抵「こら日高、なにさぼってるんだよ」とからかい混じりに声をかけられる。今回も言われるまでは目を閉じていたいと気付かない振りをしていた……のに、この人は何も言わない。

誰だろうと目を開けて、俺は息を呑んだ。

長月さんだった。見慣れたスーツの後ろ姿。ぴっと伸びた背。お茶のペットボトルのボタンを押し、腰を屈《かが》めて自販機から取り出す。

それを見つめながら、俺はどうしようもなく悲しくなっていた。

長月さんは声もかけてくれない。

俺がここにいることに気付かないはずないのに。まるで空気のように無視して、視線を向けることもしないで、ほら、休憩室を出て行ってしまう。

「長月さん」

思わず声をかけていた。

だけど、振り返りもしない。もちろん、歩調も変わらない。

「――ボリスは元気ですか」

足が止まった。だけど、こっちは見ない。

「元気だよ」

短い返事。

「ボリスとは、仲良くやってますか」

長月さんが振り返る。目と目が合う。

「日高君には関係ないだろう」

固い口調で言い捨てて、長月さんは前を向き直って休憩室を出て行った。

俺は今度こそテーブルに額をつけて突っ伏した。

「……ばかだ、俺」

ホント、一体何をやってるんだろう。

自分で自分の傷口に塩を塗りこめるようなことをして。傷口を広げて。

きりきりと胸が痛い。息が苦しい。


「写真保管庫行ってきます」

俺は保管庫のカードキーを持って営業部屋を出た。

写真保管庫は、過去にうちの会社で行った作業の航空写真を保管している暗室状の倉庫だ。

戦後すぐの写真などは特に貴重で、あちこちから問い合わせが来る。

「一九六〇年代のペルーの航空写真、サティポ周辺、ね」

海外の写真も同様で、ついさっき外務省から受けた電話のメモを持って、俺は地下の写真保管庫に走った。

カードキーをスキャナーに通してドアを開けて、俺は思わず動きを止めた。

珍しいことに電気がついている。先客がいるらしい。

しかもそれは、今から俺が行こうとしている奥の棚のほうらしい。可動式の棚の隙間が開いている。

誰だろうと思いながら足を進めて、俺は今度こそぎくりとして足を止めた。

「……長月さん」

会いたくないと思っているときに限って会ってしまう。ホント、長月さんと俺の関係はこんなのばかりだ。

長月さんも俺に気付いた。

一瞬俺を見て、すぐに棚に視線を戻す。俺の存在なんか全く意に介さずに、ラベルを目で追っていく。

「こんにちは」

俺は口を開いた。

「どこの写真を探しているんですか」

無視。

返事は返ってこない。それどころか、俺の言葉にぴくりとすら反応しない。

俺はため息を押し殺して、長月さんの向かいの棚で探し物を始めた。

長月さんと俺は背中合わせに立っている。俺はこんなに長月さんの存在を感じているのに、長月さんはまるで空気のように俺を無視している。

ものすごく悲しくなった。

じわじわと寂しさがこみ上げて、胸が痛くなる。呼吸が乱れる。

キルギスでの出来事が嘘みたいに崩れていく。あれだけいろいろ話したのに。自分のことも話したし、長月さんのことも聞いたし、泣いたり笑ったりしたのに。

あれはなんだったんだろう。……全部、意味のないことだったんだろうか。

俺には、ものすごく意味のあることだったのに。

すい、と長月さんが動く気配がした。

写真ケースを持って廊下に向かおうとしている。探し物は見つかったらしい。

遠ざかっていくスーツ姿に、すっと背筋が寒くなり、俺は思わず「長月さん」と声をかけてしまっていた。

だけど長月さんは振り返りもしないで歩く。

「長月さん！」

悲鳴のような声になった。

追いかける。十歩と走らないうちに追いついて、俺は長月さんの腕を摑んだ。払われる。

「長月さんっ」

「君は一体何がしたいの？」

見上げた顔はいかにも嫌そうに眉を潜めていた。まるで、汚らしいものでも見るように。

俺は唇を噛んだ。もう一度手首を摑む。また払われる。

「……どうして」

言葉が続かなくて目を閉じる。

「どうして、――こんなに変わっちゃうんですか。現地の長月さんと日本の長月さんと」

長月さんは眉を潜めて俺を見おろしていた。

「キルギスでのあれは、全部、なんだったんですか」

苛立ったように眉《まゆ》が動いた。払った手で胸を押される。

思わぬ反応によろめいたところを、肩を押さえて保管庫の壁に押し付けられた。俺の背中がぶつかった音が、密閉された空間に思いがけない大きさで響く。

そのまま、噛み付くように口付けられた。

一瞬、頭の中が真っ白になる。どうしてこういうことになるのか。

押し返そうとしても、全身で伸し掛かるように腰と胸を押さえられて身動きが取れない。首を振って逃れてもすぐ顎を摑んで戻される。

長月さんの舌が口の中を這う。息まで貪られる、覚えのある感触。乱暴だけど、キルギスで触れたキスの味。……体が熱くなるのを止められない。

足元から痺れが這い上がってきた。

嫌だ、と心の中で叫ぶ。

そのとき、下半身を鷲摑《わしづか》みにされた。握りつぶす勢いで。

突然の激痛に俺は声もなく叫んで体を折り、体を離した長月さんの前に崩れ落ちる。

床についた両膝ががくがくと震える。唾液が絡んで激しく咳《せ》き込む。

目の前に長月さんの靴先があった。

「キルギスキルギスって、君はこういうことがしたいわけ」

咳き込む息に混じって、氷のように冷たい声が聞こえた。少し息が上がっている、だけど、冷静な声。

「僕は、君みたいな考えなしは心から嫌いだよ。……苛々する」

叩きつけるような止《とど》めの言葉。

それを俺は床を見つめたまま聞いていた。

長月さんの靴先が出口に向かって方向を変える。歩き出す。足音が遠ざかっていく。

保管庫の重い扉が開いて閉じる音を俺は床にうずくまったまま聞いていた。

静けさが戻る。聞こえるのは俺の息の音だけ。

「――……ふ、……っ」

涙がこぼれた。

リノリウムの床にぽたりと雫《しずく》が落ちる。

「……違うよ、長月さん」

つぶやく。

「こんなことがしたいわけじゃない。ただ、話が……したいだけなのに。向こうにいたときみたいに。」

長月さんがお父さんのことを話したのが俺が初めてだったというなら、俺だって、ジオインフォに対するこだわりを話したのは長月さんが初めてだった。

自分でも幼いと思っている、子供みたいなこだわり。社会人になってまで、別の仕事を与えられてまでこだわるべきじゃないと分かっている棘《とげ》。長月さんはそれを笑わないで聞いて、ちゃんと受け止めてくれた。

何かがちゃんと通じ合っていると思ったのに。

……だけど、もうやめよう。

あの長月さんを求めるのはもうやめよう。

あの長月さんはきっともう、どこにもいない。あれは夢だったんだと思おう。

唇を噛んで、俺はのろのろと身を起こした。ぐいと目を擦《こす》る。

「……ペルーのサティポ、探さなくちゃ」

つぶやく自分の声がものすごく空虚に響いた。

17

長月さんと顔を合わせてもお互いに黙ってすれ違う日々が始まる。

姿が見えなくなってから、俺はたいてい一度立ち止まって深呼吸する。

深呼吸しなくてすむようになったときが、俺が本当に長月さんから離れられたときだと思うのだけど、正直なところ、そんな日がいつか来てくれるのか、俺には分からない。

まだ胸はこんなに痛いのに。

だけど、この気持ちもいつかは笑い話にできる日が来るのだろうと、歌の歌詞になぞらえて、ただそれだけを救いにしていた。

「日高、ちょっと打ち合わせ室に来てくれ」

部長に呼ばれたのはそんな時だった。

業務時間を過ぎた打ち合わせ室には、渋い顔をした部長が一人で座っていた。

どきりとする。なにか大きな失敗でもしただろうか。確かに、キルギスから帰ってきてからのこの一月半《ひとつきはん》は、自分でも地に足がついていなかったと思う。

「失礼します」

腰掛けた俺に、部長は「参ったよ」と派手にため息をついた。

「日高、お前に異動の内々示が出てる」

「え？」

俺は驚いて部長を見つめた。

「いや、内々示だから、まだ決定じゃない。時期も内容も異例だから、一応本人の意向も聞いてくれということなんだが」

「異動先はどこなんですか」

「ジオインフォ室だよ」

「……え」

どきりと心臓が鳴った。

「なんで、そんな突然」

「長月技師長の推薦だ」

思いがけない名前に、俺は思わず言葉を失った。

「先週の経営者会議で、ジオインフォ室の強化が課題になったらしいんだよ。これからジオインフォ業務が増えていくのに、今の四人体制で大丈夫なのかと。外部から引き抜くことも検討されたらしいんだけど、そんな大仰な人間を増やしても意味がない、裾野を広げるべきだということで、社内から人選することになった。その最有力候補が日高なんだ」

「なんで僕なんですか。たしかに大学では少しやってたって履歴書にも書きましたけど」

部長は、ふぅとため息をついて俺を見た。

「キルギス。現地で、技師長の手伝いをしたんだって？」

「……はい。少しですけど」

「今いるジオインフォ室の四人の、下っ端二人よりもよほど使い物になると技師長が推薦したそうだよ。あと、本人にもジオインフォに対する意欲が感じられるって」

ぎくりとした。営業職に対する裏切りを指摘されたかのような気になる。

だけどそんな俺の心のうちには気付かずに、部長は「知らなかったよ、日高がそんなにジオインフォができるなんて」とため息をついた。

「まあ、話はこれだけなんだが、どうする」

俺は思いっきり戸惑っていた。

完全に俺を見限っていた長月さんが、こんなことをするなんて思いもよらなかった。俺のことなんて歯牙《しが》にもかけていないと思っていた。……なのに。

返事をできずにいる俺に、部長は「まあ、返事は週明けでいいよ」と困った顔で言った。

「俺としても、この三年間、日高のことは大事に育ててきたつもりでいるから、営業部としてもかなり痛手ではあるんだけど、まあ、会社決定となれば仕方ないし……」

ぶつぶつ呟《つぶや》きながら立ち上がる。

「部長」

丸い背中が振り返る。

「このことは、ジオインフォ室の甲斐室長は知っているんですか」

「当然知ってるよ。経営者会議にも呼ばれてたしね」

「甲斐室長のところに話を聞きに行ってきてもいいですか」

「ああ、いいよ」

やっぱり転属する気なのかと、部長の顔が一瞬曇る。

それに応える余裕もなく、俺は部長に続いて打ち合わせ室を出た。

廊下に出て部長と右と左に分かれる。

部長の姿が消えるのを待って、俺は廊下を走り出した。

三階の技師長室、長月さんのいる部屋に向かって。


技師長室には長月さん一人しかいなかった。

いきなり開いた扉に、書棚に指をかけたまま驚いたように振り返り、それが俺だと知ると、抜きかけていた専門誌を戻して俺に無表情に向き直った。まるで俺がこうしてやってくるのを知っていたような態度で。

俺の後ろで、静かな音を立てて扉がパタンと閉まる。

「異動の話、聞きました」

声がかすれているのは、階段を二階分駆け上がって息が上がっているせいだけじゃない。

頭の中だって、ほらこんなにぐちゃぐちゃになっている。

長月さんは無表情に俺を見ている。目をそらすことはしない。今は俺は透明人間じゃない。

「――なんで、そんなこと……」

口にした途端に、はっとして後悔する。

答えなんか決まっているじゃないか。会社の利益を考えたらとか、ジオインフォの将来の展望を見越してとか、そんな答えが返ってくるに決まっているのに。

一体どんな答えを期待していたのか。気付いて恥ずかしくなる。顔が熱くなるのを感じて、思わず自分から目を逸らした。

自分の馬鹿さ加減に、その場を逃げだしたくなる。

「す、すみません。お邪魔しました」

俺は、ドアに向かって後ずさった。

「本当に君は」

長月さんの声が聞こえた。

ぎくりとして肩を竦める。

「考えなしだね」

呆れる声だった。だけどそれには予想したほどの険は含まれていなくて、俺はその意外さに目だけを上げた。

だけど、顔を見る前に長月さんが俺に向かって歩いてきていることに気付いて、俺はぎくりとして一層後ずさった。ドアの隣の壁に背中がぶつかる。薄い壁が頼りない音を立てる。

長月さんと壁の間に挟まれる形になり、俺の背がぎしりと強張った。長月さんの手が、顔を上げられずにいる俺の顎に触れた。強い力で上向かせられ、唇を合わせられる。

力任せではなかった。このあいだとは違う、穏やかな接触に息が詰まる。長月さんの手は顎にしか触れていない。熱い唇がただ触れる。

……どうしてこんなことするのだろう。

唐突に目頭が熱くなり、俺は長月さんの胸を力いっぱい押した。長月さんがよろめいて離れる。

俺は、手の甲でぐいと口を拭いて長月さんを睨みつける。長月さんは相変わらず無表情だった。

「長月さんはずるい」

俺は言葉を搾り出す。

「……いつだって、こんなことでごまかそうとして、ちゃんと喋ってくれない……！」

語尾が震えそうになるのを、腹筋でごまかす。

「何が言いたいんですか、ちゃんと話してください。言葉にしてください」

長月さんがふっと笑った。

「やっぱり、日高君は若いね」

「子ども扱いしないでください。十歳しか違わないくせに」

「十歳あれば十分だよ。僕の歳と君の歳の間にボーダーラインがある」

また長月さんの手が伸びてくる。

身を逸らそうとして、俺も懲りずに壁に背をぶつける。

長月さんの手は、今度は顎ではなく俺の髪に触れた。そのまま、長月さんの肩と壁との間にぴったりと挟まれ、身動きが取れなくなる。

体を硬くする俺の耳に顔を寄せ、長月さんはゆっくりと口を開いた。

「君は僕とは違うよ。まだ十分若い」

囁くような声だった。

「君の前には無限の可能性が広がってる。どんなことでも糧になる。経験して、吸収して、熟成させて、魅力的な大人になるといい」

言われたことが咄嗟《とっさ》には理解できずに、俺は目を瞬く。その間に長月さんは体を離して一歩下がる。

「そのためには、僕みたいな悪い大人が傍《そば》にいちゃいけない」

息が止まった。

――どういう意味だろう。

長月さんが消えてしまうような気がした。

思わず見上げた長月さんは、困ったように笑っていた。

その笑みが、キルギスにいたときに見慣れたあの笑みだということにようやく気付く。思い返せば、さっきの言葉の応酬もキルギスの頃のようだった。

ぎくりとして、心臓がどきどきと鳴りはじめる。

「長月さ……」

最後まで言う前に、長月さんが技師長室の扉を開ける。

廊下を近づいてくる話し声に気付いて、俺は思わず口を閉じた。その俺の肩を軽く押して、長月さんは俺をドアの外に出してしまう。

目の前で扉が閉まっていく。

「長月さん！」

押し返そうとしたドアノブは、内からドアを押す長月さんの力に負けて、あっさりと閉まる。がちゃりと鍵がかかる音が聞こえた。

「――山田村の対標がなくなっちゃってさ、……」

「まずいじゃん、それ。どうするんだよ」

強引にドアを叩こうとした俺は、角を曲がってきた社員の声に唇を噛んであきらめる。

二人が去るまで待とうと思ったけれど、現場から戻りたての作業着の社員は、よりにもよって技師長室の斜め前の機材倉庫に用があるらしい。しかも廊下で足を止めてしまい、話も終わりそうにもない。

俺も、いつまでも廊下に立っているわけにはいかない。

後ろ髪を引かれる思いで、俺は本来の目的地だったジオインフォ室に足を向けた。


「よ、待ってたよ」

定時を過ぎたジオインフォ室には二人しか残っていなかった。

打ち合わせテーブルで、社員と二人で書類を広げていた甲斐さんが俺を見つけて気さくに手を上げる。

「いえ、お仕事中でしたら出なおします」

「いいよ。大丈夫。内々示聞いたんだろ」

「はい」

「で、何を死にそうな顔してるんだよ」

「……え」

はっとして頬に甲で触れる。

俺はそんな顔をしていたんだろうか。

振り返った星野《ほしの》さんが俺を見上げる。甲斐さんに続くジオインフォ室の実力派社員だ。眼鏡越しに数秒俺を見ていたかと思うと、おもむろに正面に向き直って書類をパタンと閉じた。

「甲斐さん、あとは僕一人でできます。ありがとうございました」

「そう？　悪いね。明日からよろしく頼むよ」

「はい」

にっこりと笑う。

俺に気を遣ったのだと分かる。その気の回し方は否応なしにボリスを思い出させて複雑な気分を呼び起こす。余裕のある笑顔さえも、いつかのボリスにイメージが重なって胸がチリッと音を立てた。

「それじゃ、僕は今日はこれで失礼します」

星野さんは書類を机に置いて鞄《かばん》を手に取る。

部屋を出がけに、星野さんは少し足を止めて「話は甲斐さんから聞いてるよ。来月からは一緒に仕事できるのかな。よろしく頼むね」と俺に笑いかけた。

俺は情けなくも、言葉に詰まった。

星野さんは、俺から「はい」と元気な答えが返ってくると思っていたのだろうか、思わず返事に窮した俺に意外そうな顔をして、それでも「お疲れ様でした」と笑って部屋を出て行った。

ドアが閉まる。

静けさが戻った部屋で、いつの間にか立ち上がった甲斐さんが「さて」と俺の肩を叩いた。

「今さっき返事に困った理由を聞かせてもらおうかな。異動は君にとっても決して悪い話ではなかったと思うんだけど」

俺は甲斐さんを見上げた。

だけど、質問が言葉にならない。本当は異動後の仕事の内容とかを聞きに来たつもりだったのだけど、今、頭の中を占めているのは長月さんのことばかりだ。

表面的な、まともな質問をしてしまうと、本当に知りたいことにはもう話が戻っていかない気がする。それは嫌だ。だって、……きっと、甲斐さんは長月さんのことを知っている。答えを持っている気がする。

「何が聞きたい？」

甲斐さんが子供に接するような表情で笑った。

「ジオインフォ室のこと？　異動の経緯？　長月君のこと？」

俺ははっとして目を瞬いた。

「……長月さんのこと、を教えてください」

甲斐さんがぽんと俺の背を叩いた。

「ここじゃちょっと、だね。今日はもう上がる？　夕飯でもいこうか」

甲斐さんが連れて行ってくれた場所は、駅の裏通りの古い中華料理屋だった。カウンター席がメインで、テーブルは小さいのが三つあるだけ。テーブル席は既に作業服の先客がいて飲んでいたから、俺たちはカウンターの端に並んで座った。

片言の日本語で女の子がメニューを差し出す。漢字が並ぶメニューに、どうにも怪しい、いかにも外国人が訳したという印象の日本語の説明文がくっついている。甲斐さんがタンタン麺《めん》を頼んだから、俺も同じものを頼んだ。

カウンターの中の会話は中国語だ。

「ここの料理は、庶民的で安いくせにどれもけっこう本格的でおいしいんだよ。ただ、日本語がほとんど通じないのが難でね、量とか辛さの調節とかの微妙な注文は一切できない。だから流行らないのかな。まあ、知る人ぞという感じで、俺は気に入ってるんだけど」

甲斐さんはリラックスした調子で喋る。

俺は正直言って、それこそエリートサラリーマンという風情の甲斐さんがこんなところに気軽に来ることのほうに驚いていた。ぱりっとスーツを着こなす甲斐さんには、いまいちイメージが合わない。

「長月君も、けっこうここは好きみたいだよ」

唐突に長月さんの名前を出されて、飲もうと持ち上げた水のコップが揺れる。

横を向けば、甲斐さんがワイシャツの袖をまくりながらこっちを見ていた。

「長月君と話をした？」

「――はい。少し」

俺はグラスを握って答える。

「だけど、僕には、長月さんの考えがよく分からないんです。甲斐さんは長月さんと親しいんですよね。長月さんと僕が似ているって、どんなところがですか。似てる気なんてしません。あと、このあいだ仰っていた長月さんが酸欠って、どういうことですか。それと、長月さんは、……本社の長月さんは、どうしてあんなに感じ悪いんですか。きっと、本当は、もっと優しい人だと思うのに。あと、」

ぶっ、と吹きだして甲斐さんが笑った。

「だんまりが喋りだしたと思ったら、質問攻めだね。しかも、かなりの言いようだ」

「すみません」

はっとして口元を引き締める。

「いいよいいよ。俺は気にしない」

笑いながら額を押さえる。

「そう、そういうところが印象が被るんだよ。君と、昔の長月君とね」

「昔の長月さん？」

そのとき、どんとラーメンが目の前に置かれた。真っ赤な油で覆われた表面に一瞬目を奪われる。

「まずは腹ごしらえをしよう」

甲斐さんが箸立《はし》てから紫のプラスチック箸を抜いて俺に渡した。

18

「俺が十何年も前のジオインフォの講習会で初めて長月君と知り合ったときは、彼も俺もまだ新入社員でね」

若かったなぁと甲斐さんは笑う。

ラーメンを食べ終わった後に餃子《ギョーザ》を頼む人を、俺は初めて見た。餃子をつまみのようにかじりながら甲斐さんは喋る。

「二週間の講習会で俺と長月君はかなり親しくなった。彼は、大人っぽくて冷たそうに見える外見とは裏腹に、笑うと妙に子供っぽくて、自分のほうからガードを解いて近づいてくるような雰囲気があってね。こっちがいくら身構えていても、あまりに無防備に近づいてくるから、つい引きずられてしまうような感じだね。それが、君と似てるんだよ」

俺は顔をしかめて黙って聞いていた。

当たりだ。自分の中では、それは当然の感覚だ。

俺は極力自分からは壁を作らないようにしている。誰かと近づきたいなら、まずは自分のガードを解くべきだと思っている。

「まあそれでも、会社も違ったし、所詮《しょせん》は講習会の間だけの知り合いで付き合いは終わった。ところが、半年ぐらい経ったときに、思いがけない場所で会ったんだ。どこで会ったと思う?」

「さあ」

「同性愛者だけが集まるチャリティコンサート」

「は?」

俺は思わず甲斐さんを振り返った。

「甲斐さんも?」

「そう」

平然と甲斐さんは笑う。むしろ、俺が驚くのを見て楽しんでいるような雰囲気だ。

「そんなこと、ぺらぺら喋って大丈夫なんですか」

「ぺらぺらは喋ってないよ。日高君は他言しないだろうと踏んでる。違う?」

「——違いませんけど」

他言するなとさりげなく念を押された形だ。こうなると俺はもう喋れない。性格を読まれていると感じる。

「長月君はね、職場の上司と来てたよ。かなり年上に見えたけど、真面目に付き合っていると言ってた。相手も、人の良さが売りのような、優しくて穏やかな印象の感じのいい人だった。性癖を隠して結婚して、こっそりとそんな場所に出入りしている俺には、彼らがものすごく幸せそうに見えたのを覚えてる」

口を挟むこともできずに、俺は黙って聞いていた。

甲斐さんは一息ついて話を続ける。

「その後はしばらく会わなくて、再会したのは、七年くらい経ってからかな。学会で企業発表したときだね。その時はもう長月君は別人みたいになってた。切れるナイフみたいに、容赦のない質問を発表者に投げつけてた。俺が話しかけても他人行儀でね。あの彼氏とうまくやってるのかそれとなく聞いたら睨まれた」

甲斐さんは餃子をかじる。

「まあ、会社も変わっていたから何かがあったんだなとは後から気付いたんだけど。長月君のもとの職場に知り合いがいたから聞いてみたら、つまりは上司とそういう関係だってことがばれたらしいんだな。で、上司は地方に飛ばされて、長月君もいられなくなって転職」

正面をむいて喋っていた甲斐さんがおもむろに俺を振り返る。

「長月君の業務経歴書見たことある?」

「いいえ」

「転職歴がすごいよ。どこも、かなりいづらかったんだと思う。狭い業界だから、噂は追いかけるしね。で、また職を変えるというから、四年前に俺がうちの会社に引っ張ってきたんだ。そして現在に至る、と」

これが長月君側の事情、と甲斐さんは締めくくる。

「日高君が知りたい情報が入っていたかどうかは分からないけどね。彼がなぜ国内と海外で人が変わるのかは俺は答えは知らない。まあでも、確かなのは、海外の彼のほうが素だということだけだね」

「理由は……なんとなく分かります」

俺はつぶやいた。

息が熱い。

うぬぼれてもいいのなら。——長月さんが俺を大事に思ってくれていると、そう思っていいのなら、俺に都合のいい答えは導き出せる。本当に、自分勝手な答えだけど。

だけど、まだ耳に残る夕方の長月さんのつぶやきが、答えはそれしかないと思わせた。

「もうひとつ聞いていいですか、甲斐さん」

「どうぞ」

「長月さんが窒息するって、どういう意味ですか」

ああれね、と甲斐さんが苦笑する。

「長月君が海外のほうが自然体だってことは、君も分かるだろう」

「はい」

「ところが、長月君が出られるような海外物件がもうないんだよ」

「なんでですか?」

俺はおどろく。長月さんは一年の三分の二くらいが海外作業だ。それはこれからも変わらないと思っていた。

「長月君の人件費が高すぎるんだ。技師長だからね。JICAの等級でいくと三級、下手《へた》すれば二級の人件費レベルなんだよ」

「ええ」

それは分かる。長月さんはいつも三級扱いでアサインされている。

だけど、と甲斐さんは言葉をつなぐ。

「ジオインフォとかプログラミングっていうのは、作業の大分類でいくとデータ管理でしかないからね、正規には四級以下の扱いなんだ。つまり、長月君を海外作業に出すと会社が赤字を出すことになる」

「でも、ジオインフォの作業は、そんなデータ管理レベルの作業じゃありませんよね」

俺は慌てて言い募った。

「実際、世界銀行とかアジア開発銀行とかのプロジェクトではかなり高位にランク付けされてますし。単なるデータ管理とはレベルが違うと思います。じゃないとジオインフォマスターなんて国際資格も生まれないだろうし」

「俺もそう思うよ。だけど実際に、外務省はそういう扱いしかしないんだ。重要性を理解していない。そこで、このあいだの俺の言葉になるんだよ」

甲斐さんは俺を見て笑った。

「ジオインフォの重要性に気付かせるような、独特で専門性の高いプロジェクトを外務省に提案して、その特殊性を理解させてくれ、とね。それは営業の仕事だ」

「……じゃないと、長月さんの出番がなくなって、日本で息が詰まって呼吸できなくなるってことですね」

「まあ、そればっかりじゃないけど。ジオインフォの価値が上がることが結局、俺や部下の立場の強化にも繋がるから。室長としてはそうなってほしいと思ってるよ」

俺はごくりと唾《つば》を飲み込んだ。

夕方の長月さんの言葉を思い出す。俺から離れていくような言い回し。――長月さんはまた転職する気なんだろうか。

「長月さんは……」

また転職するつもりなんですか、と聞こうとして思いとどまる。

「ん？」

「長月さんはどこに転職するんですか」

カマをかける。

「両葉《りょうば》コンサル」

甲斐さんはあっさり引っかかった。俺も知っている同業他社の名前をあげた。やっぱり転職するんだ、とすっと血の気が引く。

「どうせなら外資系にしろって言ったんだけどね。国内企業じゃ今の扱いと変わらなくて、なかなか海外には出れないぞって。だけど、水を変えたいって言って聞かないんだよ」

俺のせいだ、と両手を握り締める。

長月さんは俺から離れるために転職するんだ。きっと。

「それって、もう決まったんですか」

「いや、まだ。向こうから打診があって、交渉中だと聞いてるよ」

ざわりと鳥肌がたった。焦りが生き物のようにわきあがる。

「甲斐さん」

俺は立ち上がった。

「すみません、帰っていいですか」

ポケットから財布を出す。

一瞬驚いた顔をした甲斐さんは、眉を寄せて笑い出す。いいよいいよと手を振り「長月君によろしく」と俺が出した千円札を押し返した。

「はい」

俺はスーツのジャケットに袖を通す。

「すみません、ありがとうございました」

頭を下げて、俺は定食屋を飛び出した。

駅前の繁華街を鞄を抱えて走り、俺は裏口から本社に駆け込んだ。

三階の技師長室まで駆け上がる。だけど、技師長室はもう鍵がかかっていて誰もいない。

俺は一階に駆け下り、営業部屋に駆け込んだ。

一人残って作業をしていた部長が「どうしたんだ、日高。帰ったんじゃなかったのか」と驚いて顔を上げる。探し物です、と俺は海外作業従事者の個人情報が入っているファイルを鍵のかかっているキャビネから引っ張り出した。

長月さんのページを開き、住所をメモする。パソコンで地図を検索してプリントアウト。小さく畳んでポケットに突っ込む。

「おつかれさまです。失礼します、部長」

「お、おう」

呆気《あっけ》にとられている部長に頭を下げて、また部屋を飛び出ようとして俺は足を止めた。

「部長」

「なんだ」

「僕、ジオインフォ室行きません。これからも引き続きよろしくお願いします」

言い捨てて営業部屋を飛び出る。

「お、おい、日高」

部長の声が追いかけてきたけど、それを無視して俺は鞄を抱えなおした。

19

オートロックのマンションのエントランスで、長月さんの部屋の番号を押す。数秒して「どちらさまですか」と返事があった。

「日高です」

短く答えれば、インターホンの向こうで沈黙が流れた。

「開けてください、長月さん」

返事はない。

「開けてくれなくても、次に来た住民の方と一緒に中に入って長月さんの部屋の前まで行きます。そこでドアを叩きます」

通話は切られない。けれど、返事はない。長月さんがどんな顔をしているのか俺には分からない。だけど、ここで引いたら何も変わらないということだけは分かっていた。

俺は、変えたい。

「話をしたいんです。話を……させてください。長月さん」

インターホンのマイクを見つめて、俺は繰り返す。

どのくらい経っただろうか、もう一度繰り返そうかと思ったとき、かしゃんと音がして自動ドアが開いた。

誰もいないのに勝手に開いたドアに、俺はほっと息をついた。「ありがとうございます」と返事をして中に入る。

七階に上がれば、意外なことに長月さんは部屋のドアを薄く開いて俺を待っていた。見るからに不機嫌そうな表情でドアを内から押して招き入れる。

「ありがとうございます」

「なんの用」

ドアに鍵をかけて長月さんは冷たく言う。

俺はたたきの上に立ったまま、長月さんを見上げた。

「会社、やめないでください」

長月さんが俺を見おろす。

「会社を変わっても、長月さんには何ひとついいことはないと思います。両葉コンサルなんて、うちよりずっと小さくて、海外作業なんか数えるほどしかやってないじゃないですか」

長月さんが目を閉じた。ため息をつく。

「甲斐君だな。まったく、おしゃべりな」

「やめないでください。お願いです」

俺は、長月さんのシャツの袖を摑んだ。

「僕は、ジオインフォ室には行きません」

長月さんが目を開ける。

「海外営業に残ります。それで、長月さんしか出られないようなレベルの高い、長月さんの人件費単価でも出られるようなジオインフォ案件を作ります。それは、ジオインフォを知っている人じゃないと作れないでしょう?」

長月さんが顔をしかめて俺を見つめ返す。

「だから、あと一年。あと一年だけ待ってください。一年で、そういうジオインフォ案件を外務省の要請ルートに上げてみせます。必死で営業します」

「君は、あれだけジオインフォをやりたがっていたのに？」

「やりたかったけど……！」

俺は唇を噛んだ。

「今、海外営業で的を射たジオインフォ案件を作れるのは僕しかいないと思ってます」

「君は馬鹿だよ」

長月さんは俺の手を振りほどいた。

「本当に馬鹿だ。君ほどの馬鹿見たことない。……イライラする！」

吐き捨てるような怒鳴り声だった。

「だって……！」

俺はその手首を摑みなおす。

長月さんが力任せに腕を振って解《ほど》こうとする。俺はもう一方の手も添えてその手首を握り締めた。

「信じられない馬鹿だ！　だから子供は嫌なんだ！」

「どうせ子供です！　長月さんと十歳も違うんだから当然です！」

「子供だからって開き直るな！　何も分かってない。こんなことをして、人間関係も世間のことも、人生もどんなに狂うのか。自分だって相手だって……！」

「だからって逃げても仕方ないでしょう」

かっとしたように長月さんが俺を睨んだ。

「出て行ってくれ」

「嫌です！」

「出て行け！」

叫ぶ。

「出て行きません！」

叫び返す。

俺のその声に被せるように、唐突にインターホンが鳴った。「大丈夫ですか、長月さん」と廊下から男性の声が聞こえる。

ぎくりとして俺たちは動きを止めた。

長月さんが俺を押しのけてドアの鍵を開ける。

「同じ階の方から、知らせがあって。お困りなら……」

「いえ、すみません。大丈夫です。ちょっと知り合いが酔っ払って」

長月さんの姿が廊下側に消える。

ドアが閉まって数秒たってから、俺は無意識に止めていた息を大きく吐いた。途端に、心臓が早鐘のように鳴り出す。どっと汗が吹き出る。

「……本当に馬鹿だ、俺」

唐突に頭が冷えて、額を押さえてしゃがみこむ。

長月さんが何を気にして会社を変わろうとしたのか分かっていたはずなのに、一層癇《かん》に障《さわ》ることしかしてない。悪目立ちなんかきっと、一番したくないことなんだろうに。

ドアが開いて、長月さんが室内に戻る。はっとして立ち上がる。

「一階の警備員」

短い言葉に、俺は「すみません」と謝ることしか出来なかった。顔を合わせられない。

本当に頼むよ、と長月さんはため息をつく。

「このマンションは、一応住人保障なんだ。身元が怪しい人間は入居させない。それなりのレベルの人しか入れない。少なくとも、玄関先でトラブルを起こすと目立つくらいにはね」

「――すみません」

「まあ、僕も悪かったけど。とりあえず、今日は大人しく帰ってもらえないかな」

俺は顔を伏せたまま唇を噛んだ。

黙って、長月さんの腕を両手で掴む。

「日高君」

心底呆れたような長月さんの声が降ってくる。

「すみません。帰れません。長月さんとちゃんと話がしたいんです」

握る手に力を込める。

「子供でもガキでも構いません。話を、させてください」

長月さんはしばらく動かなかった。

心臓がどきどきうるさい。湿った襟が首筋を冷やす。

ふぅ、と息をつく声が聞こえて、強張っていた長月さんの腕に柔らかさが戻った。

「ここで話を続けるとまたさっきみたいなことになりそうだな。奥に行こう」

はっとして顔を上げる。

横顔しか見えなかったけど、長月さんは来たときほど怖い顔はしていないように見えた。


リビングに通される。

物が少ない、良く言えば機能的、悪く言えば殺風景なリビングだと思った。ダイニングテーブルの上にノートパソコンが開いてあって、その隣に外国語の雑誌が閉じてある。

俺をソファーに座らせて、長月さんはダイニングの椅子に腰を下ろす。

「お酒は、飲んでないんですね」

口を開きにくくなる沈黙が訪れる前に、俺は急いで口を開く。

「国内では基本的に一滴も飲まないよ」

「現地ではアルコール中毒みたいに飲んでたのに」

「飲ませたい?」

思いがけない返答に驚いて長月さんを見る。長月さんは無表情にまっすぐに俺を見ていた。

小さく唾を飲む。

「――飲ませたいですね。それで長月さんが、向こうにいたときみたいに喋ってくれるようになるなら」

俺もまっすぐに長月さんを見ながら返す。

「現地の長月さんと国内の長月さん、どっちが本物ですか」

長月さんはぴくりとも表情を変えない。

「どっちも本物だよ」

短く返される。

「だけど、それが君にどう関係がある」

「関係あります」

俺は長月さんを見上げた。

「僕は、長月さんが好きです。だから、知りたいんです」

驚いた顔をするだろうと思っていた長月さんは、思いっきり顔をしかめて盛大なため息をついた。

「こんな男の何がいいんだか」とつぶやく。

「やめておきなさい。男同士なんて何一つ良いことはない。君はちゃんと女性と付き合えるんだから」

「男とか女とか関係なく、今、一番近くにいたいのが長月さんだって言ったら」

ふぅ、と長月さんがため息をつく。

「まったく。失敗したよ、やっぱりあの時、君を抱いたのは失敗だった」

「あの夜のことがなくても、僕はその前から長月さんに惹《ひ》かれてました。キルギスの長月さんに惹かれたんです。僕は、現地のあの長月さんが本当の長月さんだと思うから、だから」

「どちらも本物だよ」

長月さんが繰り返す。

「どうして国内と現地でそんなに態度が違うんですか」

ひとつ息をついて言葉を繋げる。

「その上、どうして僕にだけあんなに邪険なんですか」

長月さんは床を見たまま答えない。

「少なからず僕を意識していたってことですよね。特別に。……転職は、僕から離れるためなんじゃないですか。夕方の長月さんの言葉はそう聞こえました」

長月さんがまたため息をつく。

「どうして君は、そう畳み込むかな」

テーブルに肘を突いて額を支えたまま俺を見る。感情の読めない、深い瞳だと思った。

「君は本当に苦手だよ。まっすぐすぎて怖くなる。そうだね、怖いよ。君のためだといいながら、僕は自分のために君から逃げたんだ」

俺は小さく息を詰めた。

やっぱりと思いながら、でもはっきりと言われてしまうときつい。

「僕が……長月さんをそこまで追いつめたなら、本当に謝ります。ごめんなさい」

長月さんが床に視線を落として、床の木目に語りかけるように口を開く。

「君が僕を特別に見ているのは現地にいた頃から気付いていたよ。だけど、君の気持ちは僕が思った以上にまっすぐで、あからさますぎて、気付けばこっちも引きずられて、足元を掬《すく》われそうになっていた。だから、距離を置こうと思った」

キルギスでの日々を思い出す。

そうだ、長月さんの態度が変わったのは、二人だけの世界に第三者が絡んできたとき、……ボリスが俺たちの関係を指摘したときだった。

「同性の関係がばれたりすると、最悪だよ。人生が狂う。君の態度は分かりやすすぎて、困ったことに僕の態度も隠し切れなくて、君と会うのが怖くなった。帰国してからは本当に恐怖だったよ。どうして僕にばかりこんなに構うんだと、心の底から憤った」

「人生が狂うって言うのは、長月さんの経験からですか」

長月さんが顔を上げる。

「すみません、甲斐さんから少しだけ聞きました。お付き合いしていた上司の方との話ですか」

長月さんが苦笑する。

「本当に仕方がないな、あの男は。……そうだよ、僕の経験からだ」

「何があったんですか」

「甲斐君から聞いてないの」

「そこまでは。結局別れたらしいということしか」

長月さんが顔を伏せて苦く笑った。

「そう。別れた。――職場に知られてね、課長は地方に配置転換。僕は本社に残された。僕は周りの雰囲気に耐えかねて早々に会社をやめたけど、課長はその会社で粘って、でも結局閑職しか回されなくて生殺し状態で……、本気で好き合ったはずなんだけど、僕は彼に憎まれ続けて、転職する先々で嫌がらせをされた」

俺は唇を噛む。

そんなの、その相手が悪かっただけじゃないかと言いたくなるのを堪える。

「嫌がらせが止んだと思ったときには、彼は既に精神をおかしくしてたてね」

「そんなの、その人が弱かっただけじゃないですか。恋愛なんて共同責任でしょう」

思わず俺はソファーから立ち上がっていた。

長月さんが俺を見あげて力なく笑う。唐突に変わった笑い方に、俺はどきりとした。まだこの事柄が長月さんを痛めつけていることを実感として感じる。

「いや、ばれたのは僕の責任なんだ。彼はいつだってばれないように慎重だったけど、僕は甘く考えてたから。僕は完全に舞い上がっていて、いつかカミングアウトしてもいいというくらいに考えていた。それが態度に出てたんだな。一旦、怪しいという噂が広まったら、証拠を摑まれて転落するのはあっという間だったよ」

俺は唇を嚙む。

日本に帰ってきてからの俺の態度を思い起こす。俺は長月さんにこだわってた。こだわりすぎてた。長月さんの俺に対する態度はほかの人に対するものと違っていたけど、俺の長月さんに対する態度も他と違っていた。きっとそれは、ものすごい恐怖だったんだろう。

「ごめんなさい」

言葉は自然に口をついて出た。つぶやいて長月さんに歩み寄る。

長月さんがうつむく。

「課長の人生も狂ったし、僕の人生も狂った。転職を繰り返して、噂が届かない状況になるまで十年以上かかったよ。それは、想像していた以上にきつくてね、正直言って、もう二度とあんな状況には陥りたくないいんだ。臆病者だと笑ってくれていい。自覚しているから」

俺は座る長月さんの前に立ったものの、手を伸ばしあぐねて両手を握り締めた。

「ごめんなさい」

もう一度口に出す。

「気をつけます。誰かに悟られるような態度は取りません。ばれないようにします。だから」

「やめておきな。君はちゃんと女性とも付き合えるんだから」

長月さんが小さく首を振る。俺はそれを抑えるように、その頭に抱きついた。

「でも、長月さんがいいんです。長月さんじゃないとダメなんです。僕は、長月さんといて、長月さんから、まだまだいろいろな事を学びたい。こんなに、誰かのそばを離れたくないと思ったのは初めてなんです」

抱きしめた髪に言い聞かせるように言葉をつなぐ。

「それは、恋愛感情じゃないよ」

苦笑するように長月さんが言う。

「恋愛感情じゃなくちゃ、そばにいちゃだめですか。尊敬ではそばにいられませんか」

「尊敬？」

長月さんが嘲《あざけ》るようにつぶやく。

「気に入ったからって、すぐに手を出すような節操なしの男を？　国内と海外で二重人格で、感情のままに冷たい態度を取って振り回して？　何事からも逃げてばかりのろくでもない男を？」

俺は思わず笑った。

「自覚してるんじゃないですか」

頭を抱く腕に力を込める。

「そんなところも全部ひっくるめて、そばにいたいんです。頭のてっぺんから爪先まで完璧に尊敬できる人だったら、恐れ多くてそばになんかいられません。……そんな長月さんだから、ちゃんと弱い人だから、僕でも一緒にいられるんじゃないかと思えるんです」

長月さんは何も言わない。

「――ダメですか？」

「君の人生まで狂わせたくない。僕みたいに」

「自分の人生くらい自分で責任持ちます」

「僕の人生は？」

「長月さん、自分の人生はもう可能性がないようなことを言ってましたよね。だったら、僕にください。僕と一緒にもう一回足掻いてみませんか」

一瞬の間を挟んで、くっと長月さんが笑う気配がした。

「――なんか、無茶苦茶なこと言うね、君も」

抱きしめた頭が声のない笑いに揺れている。

「それで営業だって言うんだからまったく……」

「でも、けっこうこれでお客さん乗ってくれてますよ」

長月さんはくつくつと笑いつづけている。

「ダメですか？」

俺はもう一度繰り返した。

「転職しないでください。どこかに行かないでください」

「……考えるよ」

「僕と、つきあってください」

長月さんは答えない。

俺は抱きしめていた腕を放した。椅子に座る長月さんの前に膝立ちになって、その頬に両手で触れる。

顔を下から覗き込めば長月さんと目が合った。いつかどこかで見た覚えのある、感情の読めない不思議な瞳。

背を伸ばして、長月さんの唇に唇を近づける。長月さんは俺が引き寄せるままに顔を寄せる。

唇が触れた。離して、また触れさせる。

唇の先で触れるだけ。唇を開きもしない、舌を絡ませもしない、本当にただ触れるだけの

静かなキス。何度も繰り返し、角度を変えて俺は長月さんの唇に触れる。

長月さんは何もしない。ただ俺にキスされるままになっている。まるで人形のように。

おもむろに悲しくなって、目頭が熱くなって、俺は長月さんの頭に手をかけてぐいと引きおろした。首もとに顔を埋《うず》めて抱きつく。

「――なんか言ってくださいよ」

声が湿る。情けないと思いながら、でも、すがるように言い募ってしまう。

「言わなくても、押し返すとか、受けいれるとか、なにかしてくれてもいいでしょう……？」

長月さんの肩に瞼《まぶた》を押し付ける。そうしないと、みっともなく涙をこぼしてしまいそうだった。

それでも長月さんは動かない。

俺は隠れて唇を噛み締める。

「――こんなところに」

長月さんの静かな声が聞こえた。はっとして緊張したうなじにかすかに指の感触が触れる。

「こんなところに、小さなつむじがあるんだ。知ってた？」

知ってます、と答えようとした声を思わず飲み込む。

長月さんの唇がうなじに触れていた。

吸われる。その熱さにざわっと背筋が鳥肌だった。思わず長月さんのシャツを握りしめる。

長月さんは唇を離さずに同じ場所を何度も吸う。体中が火照《ほて》っていく。鳥肌がおさまらない。体が震えるくらい動悸《どうき》が激しくなり、俺は硬く目を閉じて息を詰めた。

「引き出し」

長月さんが歯でうなじに触れたままつぶやく。

「……？」

俺は声もなく薄く目を開く。

「まだ持ってる？」

「――持ってます」

すっと血が下がる。捨てろとまた言われるのだろうか。

「じゃあ、そのまま持ってて」

ざわりと全身の血が波立った気がした。今度こそ目頭が熱くなる。

許可だと思っていいんだろうか。受け入れてくれたと思っていいんだろうか。

かわりに、と長月さんが言葉をつなぐ。

「日高くんの引き出しを僕の側に作るから。君の気持ちはその引き出しの中にしまって、二人きりの時以外は鍵を開けないこと」

「……はい」

「約束してくれる？」

「約束します」

俺は唇を噛んだ。震えるな、声、と叱る。

「絶対に、鍵かけておきます」

くすりと長月さんが笑う気配が肩から伝わる。

肩を抱いて体を離される。そのまま唇が重ねられる。

さっきとは違う口付け。ちゃんと舌が唇に触れる。嬉しくて、息が詰まるほど嬉しくて、俺も唇を合わせなおして応える。

長いキス。舌を絡ませて、されるばかりでなくて俺からも熱を伝えるキス。どんどん体温が上がっていく。息が上がる。くらくらするのはきっと、動悸が激しいためだけじゃない。

俺は長月さんの首筋に唇を滑らせる。

「長月さん」

触れたまま問いかける。

「今は、引き出しを開けっ放しにしておいていいんですよね」

いいよ、という返事を待って、俺は長月さんのシャツのボタンに手を掛けた。

長月さんのベッドは思っていたよりも柔らかくて、そこに身を横たえた瞬間だけ、俺はふっと我に帰った。

意外に感じた理由を探し、ああそうか、と思う。俺はキルギスのフラットのベッドの上を無意識に連想していたんだ。あのソファーベッドは堅かった。

ここはキルギスじゃない。日本だ。

ゆっくりと覆いかぶさってくる長月さんに手を伸ばす。痩《や》せた、色白の頬に指先で触れた。長月さんはそのまま触らせてくれる。

目が合う。

まだどこか硬い表情の長月さんに、俺はあえて笑いかけた。長月さんはふっと苦笑するように笑う。

長月さんの冷たい手が首筋に触れる。顎を撫でられてぞくりと震えた。

ネクタイをしたままの詰まった襟首に指先が入ってきて、俺はわずかに顎を反らした。耳に口付けられる。長月さんの息の湿った温度が、息の音が直接耳に触れて、俺は思わず硬く目を閉じる。

そのまま耳を甘く噛まれて息を呑んだ。ぶるっと震えが這い上がり、体が端から痺れていく。長月さんの頬に触れていたはずの手は、気がつけばそのシャツの袖にしがみついていた。

「――……っ」

シャツをたくし上げて脇を撫で上げられ、思わず体をよじる。ひくっと体が震えて息が乱れた。詰まった息が声を連れて漏れそうになる。

覿面《てきめん》な自分の体の反応がふいに恥ずかしくなって、俺は薄目を開けて長月さんを見た。

その表情にはっとした。一瞬目を疑い、続けて猛烈に悲しくなって唇を噛む。

そこに、こんなときにはいつも付きものだったからかうような笑顔はなかった。長月さんはどこか痛いように目を閉じて息を詰めていた。

ぎゅうっと苦しいほどに胸が引き絞られる。

「……長月さん」

ぴくりと瞼が震えて、はっとしたように目が開いた。

見るからに動揺して揺れている瞳に俺は手を伸ばす。

「なんで、そんな顔するんですか」

長月さんは一度だけ瞬きをして俺を見つめる。

「怖いですか?」

数秒の沈黙の後、長月さんは「怖いよ」とぽつりとつぶやいた。

「本気で恋愛を始めようとするときはいつも怖い。違う?」

思わず息が止まり、やがてじわっと瞼が熱くなった。

長月さんがようやく俺のことをちゃんと見てくれたんだと思ったら、本気で泣きたくなった。心臓がどきどき言い出して、どうしようもなく胸が苦しくなる。

これまでは本気じゃなかったんですか、なんてバカなことは聞かない。今更茶化したりしない。今から、これから本気になってくれるだけで十分だ。俺はようやく、長月さんの本音に触れることを許されたんだ。

嬉しくて、幸せで、――切なくて。

唇を噛んで、長月さんの首に両腕を回してしがみつく。

「……俺だって、怖くないわけないじゃないですか」

将来のこと、仕事のこと。親のこと。思い出した途端にどうすればいいのか分からなくなる。

「――でも、俺は逃げませんから」

長月さんがぴくりと震えた。

そう。今は考えない。今だけは。最初から先の不安ばかり考えたりしない。いずれは考えなくちゃいけないとしても。

「長月さんひとり置いて、逃げたりなんかしません」

それだけをつぶやくのが精一杯だった。

衝動のままにしがみついた俺を、思いもかけない強い力で抱きしめ返して、長月さんは俺の髪に熱い息を吐いた。

「……君は、強いね」

「強くないですよ。だけど、一度心を決めたら、そのあとで変えるのが下手なんです」

「決めちゃったのか？」

「決めましたよ。もう、どこまでも追いかけますから。長月さんが俺のためとか言って逃げる限り」

くすりと長月さんが笑う気配がした。

「――本当に君は……」

長月さんの体重が俺の胸にかかる。甘えるような仕草だった。

「臆病《おくびょう》な僕には、……君みたいに強気なほうが合うのかもしれないね」

どくんと心臓が鳴った。嬉しくて動悸が早くなる。

あまりに愛しくて我慢できなくて、俺は長月さんを力いっぱい抱きしめた。

体が熱い。長月さんを感じたい。長月さんに触れたくて、心だけじゃなくて体も長月さんと交じり合いたくて、体が芯からぐちゃぐちゃに渦巻いている。触りたい。繋がりたい。

それを察してくれたかのように、長月さんの指が俺の唇に触れた。

形を辿《たど》るみたいに撫でてて、最後に俺の口の中に入り込んでくる。

歯を撫でる指を受け入れて吸うように舐《な》めてから、俺はそれを口に含んだまま囁いた。

「……指じゃなくて、唇が、いいです」

長月さんが、ため息をつくように笑った。

長月さんは、慈しむように俺を抱いた。

肌と肌で触れたら溺《おぼ》れると、いつか長月さんが言った訳がよく分かる。ぴったりと背中にくっつかれて、弱い胸や性器を器用な手でまさぐられると、感じるたびにその震えが長月さんの胸に伝わってしまう。背中が熱い。くすぐったい。動くたびに湿った音を立てるのが恥ずかしい。

「――う、……ん……っ」

長月さんの昂ぶりは、既に俺の体の中に深く潜っている。

ずきんずきんと疼《うず》くのは締め付ける俺か、中にいる長月さんか。

「……っ」

繋がった部分が燃えるみたいに熱くて、震えるたびに収縮して、俺が感じていることを余さず伝えてしまうことがいたたまれない。どんなふうに性器を撫でれば、苛《いじ》めれば俺が悦《よろこ》ぶのか、体を熱くするのか、全部探られてしまっている。

「ひ……っ」

胸を摘《つま》まれてびくりと全身が震えた。

俺が悶えるたびに、繋がった場所がぬるぬると擦れて水音を立てる。

挿入する前に、長月さんは俺のその場所にオリーブオイルを垂らしながら「こんなもので悪いね」と言った。

「ゴムも次までには準備しておくから、今日だけはこのまま日高君と繋がっていい？」

その言葉にじわっと体が熱くなって、思わず泣きたくなった。次があるんだ、次の約束をしてくれた、それだけでどうしようもなく幸せになる。

「——何も、置いてないんですか？」

勝手に感動して泣きそうになった声をごまかしながら、俺はあえて明るく尋ねた。

「ないよ」と長月さんは答えた。

「国内では、もう誰ともこんな関係になるつもりはなかったからね」

言いながら、長月さんの指がするりと後ろの穴から入り込んでくる。オイルを押し込むように、染み込ませるように丁寧に少しずつ注《つ》ぎ足し、その場所を長い指が押し広げていく。

「——……っ」

体の中の敏感な場所を指の先が撫で、思わずびくりと体が反ったときだった。

「ここ？」

長月さんが再度撫でる。

「や、……っ」

的確に指で押されて、体が大きく跳ねる。ぶわっと体が汗をかいた。

「ここだね。じゃあ、ここには特にしっかりと塗りこめておこうか。一番擦られるところだからね」

「……え？」

にこやかに言われて俺は震え上がった。撫でられただけでもこうなのに、ここばかり攻め立てられたらどうなるか、考えるだけでも怖すぎる。

「感じさせてあげるよ」

「――いや、……その」

「今になって怖気《おじけ》づくつもり？」

「……いえ。あの、……できればお手柔らかに……」

「無理かな。僕も、君を食べたくてずきずきしてるくらいだから」

ほら、と長月さんは自分の股間を俺の腰に押し付けた。既に熱く滾《たぎ》ったそれに、俺は思わず息を呑む。長月さんが俺に欲情している事実にかあっと体が熱くなった。

「食べられ、ちゃうんですか……？　……う、っ……」

「そう。オリーブオイルだし」

意地悪く中にオイルを拡げて俺を喘がせながら、長月さんはからかうように言う。

「俺は、……美味《おい》しそうですか？」

「そうだね。おあずけしていただけ、尚更《なおさら》だね」

長月さんは最後に、自分の屹立《きつりつ》にたらりとオイルを垂らした。男らしく逆立つものをオイルが辿り、滴《したた》るのを俺は息を詰めて見ていた。色っぽくて、扇情的で、これがこのあと俺の中に入ってくるんだと思ったら、期待と怯《おび》えで怖いくらいに動悸が激しくなった。きっと俺は真っ赤になっていたと思う。

そのあと長月さんは、俺をうつぶせにさせて背中からゆっくりと貫いた。

キルギスで体を繋いだときとは全く違う、侵略されることをじりじりと思い知らせるようなやりかたで。

そのまま、長月さんは俺を抱いたまま片側を下にして横になり、俺は貫かれたまま無防備な体の前面をいじられ続けているというわけだ。

「あ、う……っ」

性器を扱かれて汗が吹き出る。乳首を苛められて、耳を噛まれてびくびくと震える。そのたびに繋がった場所にきゅっと力が入り、長月さんが小さく息を詰める。体の中で時々ぐいっと性器が動くから、長月さんだってきっと限界に近いのだろう。

動悸まで支配され、はあっ、はあっ、と息がどんどん苦しくなる。

「長月……さん、……っ」

「なに？」

「動かないん、ですか……？」

　ふっと長月さんが笑った。

「今はまだいいよ」

「――今は？」

「今は、日高君を気持ちよくさせたい。前のときは僕が一方的に抱いたからね」

「え……？」

「あの時は、僕はあえて君をいかせなかったんだよ。まあ、初めての同性とのセックスでいくのも難しかったかもしれないけど、それ以前に僕は、君がそんな気にもならないくらいに酷《ひど》く扱ったからね。――そろそろ、いきそうにならない？　僕を咥《くわ》えたままいってごらん」

　キルギスでの最後の夜を思い出す。確かに、ものすごく振り回されて、苦しかった交わり。だけど、俺はそれでも満足だった。それに……。

「――でも、長月さん、最後はすごく優しかった……」

　喘ぎながら俺が紡いだ言葉に、長月さんの手の動きが止まった。

「僕は、……それでも、あのとき、嬉しかったんです。――あ、……っ」

　ずんっと後ろから強く穿たれた。

　唐突に激しい出し入れが始まる。

　片方の腕で胸を締め付け、もう一方の手で性器を強く扱きながら、長月さんは熱くて硬い肉で俺を繰り返し突き刺す。解《ほぐ》されたはずのその場所が、引き伸ばされ擦られ、どんどん熱くなっていく。

「あ、ああ、……あああっ」

見つけられてしまった感じる場所を、熱い先端に何度も何度も突きまわされ、抉られて、声が抑えられない。びくびくと体が撥《は》ね、あまりに刺激が強すぎて怖くて逃げたいのに、後ろから抱きつかれているからそれもできなくて。涙が滲む。

「――や、ああっ……っ、……、そこばっかり、――や……っ」

堪え切れなくて喚《わめ》いても、長月さんは抉り続ける。

「大丈夫、我慢して」

そんなこと言われても、感じすぎて怖い。長月さんは意地悪だ。

俺は必死で、シーツを手繰りよせて握り締める。

「う、――ふ、う……っ」

「可愛いことを言う、日高君が悪い」

そんなこと言われても、と反論する心は声にならない。

体が燃える。内から焼き尽くされる。

必死で無我夢中だった前回の交わりでは気付けなかった感覚が、波のように覆いかぶさってきて俺を翻弄《ほんろう》する。

「あ――……あああ、あう……っ、……っ」

硬く熱く張り詰めた熱が狭い器官を目一杯拡げ、体の奥底を掻き回す。浚《さら》う。繰り返し内臓が押し上げられる感覚。そのたびに体中のあらゆる部品が一斉に悲鳴を上げて悶える。神経を抉られて、足が、腕が、指先が、痺れて、もう感覚がない。

「長月……さんっ、長月さん……！」

俺は叫んだ。必死で、呼んだ。

長月さんが少し動きを緩めてくれた。

「──後ろからじゃ、嫌だ。前がいい」

俺はシーツを抱きしめながら、鳴き声交じりに訴えた。

「……この前みたいに、前からがいい。長月さんに、抱きつかせて……っ」

言い終える前に、ぐるりと体勢が変わった。繋がったまま、長月さんが俺の前に来る。

驚く間もなく口を塞がれて、長月さんの匂いが俺の肺を満たす。

──嬉しかった。

幸せで、嬉しくて、腕を回してその首筋にしがみつく。

長月さんが正面から俺を穿つ。さっきまでと違う角度で抉られて体は悲鳴を上げるけど、それすらも嬉しい。長月さんに抱かれていると強く感じられて、幸せが溢れる。

いつのまにか口付けは解かれていた。長月さんは俺の肩をシーツに押し付けて穿つ。

「あ、う……っ、……は、あっ」

口が閉じられない。喘ぎすぎて乾いた喉が張り付く。

長月さんはもう何も言わない。ただ、言葉どおり貪るように俺を食らった。

薄目をあけて長月さんを探して、俺はその表情に胸が絞られるのを感じた。

長月さんは、初めて見る顔をしていた。

しゃべりながら、俺を窺《うかが》いながらキスしていたあの頃とは全然違う必死な表情。余裕なく寄せられた眉。乱れたまま掻き上げられない前髪。額に浮いた汗。

これが本当の長月さんなんだと知る。

戯《たわむ》れにではなく、覚悟を決めて、誰かを抱くときの表情。

切なくて息が詰まる。胸が苦しい。

「……っ」

どうしようもなく長月さんに触れたくて、隙間もなく一体になりたくて、痺れる体に力を込める。頭に腕を巻きつかせて、両足を腰に絡みつかせて長月さんを抱きしめる。

体の中から熱がマグマのように這い上がる。怖さ。

突き上げられて引きずられて揺すられて奪われる息。押し出される声。

恥ずかしいと感じる余裕もない。それどころか、どんどん溢れる初めての感覚に、自分がどうなっていくのか分からない。

無意識に救いを求めるように伸ばした手のひらを、長月さんが握ってくれた。繋いだ手をそのままシーツに押し付けて、長月さんは体を分け入らせる。これでもかというように、もっと繋がりたいというように、体重をかけて体を押し込む。

涙が出た。

その力の強さに。

握り締めた手の必死さに。

幸せで。


まだ息が熱い。

溶けて崩れた体が元に戻ってこない。正座をして痺れた足になかなか感覚が戻ってこないみたいに、全身がぴりぴりと痺れている気がする。

そんな俺を逃がすまいとするように、長月さんは上から覆いかぶさって俺を押しつぶしている。俺の息も荒いけど、長月さんの息もものすごく荒い。触れ合った胸と胸の間で二つの心臓が競い合うみたいに全力疾走している。

手と手は繋いだままだ。

それが単純に嬉しくて、幸せで、俺はゆっくりと目を閉じた。

はあはあと、二人分の息の音だけが響き渡っている。

「日高君」

「——はい」

長月さんの手が、きゅっと俺の手を握った。

そのままなにも言わない。

「引き出し」

「え？」

「ここに……まだある？」

その言葉に、なぜか息が詰まった。

「当然でしょう。思いっきり健在ですよ」

「ありがとう」

短く長月さんは答えた。背中がゆっくりと深呼吸する。

「長月さんの中に、僕の引き出しも作ってくれたんでしょう？」

「ああ」

その言葉に幸せを再確認しながらも、俺は少し躊躇《ためら》いつつ口を開いた。

「俺以外の引き出しは作らないでくださいね」

「え？」

長月さんが顔を上げる。

「……たとえば、ボリスとか。ボリスの引き出しもあったりします？」

長月さんは数秒俺を見つめてから、ふっと笑った。俺の体の上から降りて、隣に身を横たえる。俺は笑顔の意味が読み取れなくて嫌な汗が湧くのを感じた。

「ボリスの引き出しはないよ」

長月さんはため息をつくように言った。

その言葉にほっとする。だけど、確かめずにはいられない。

「——でも、ボリスともこんなことしたんですよね」

「してないよ」

「え？」

今度は俺が顔を上げる番だった。

半身を起こして長月さんを見つめる。

「……してないというか、できなかった。せがまれて、日高君を引き離すために使ってもいいとまで言われて、それならと思ったんだけど。——駄目だった。抱けなかったよ」

「……なんで？」

長月さんは目の上に腕を乗せていた。

「君は、女の子とみれば、どんな女の子にでも欲情するのかい？　抱いてとせがまれれば、どんな女の子でも抱ける？　勃《た》つ？」

「——あ、……いえ。無理かも」

「それと同じだよ。僕だって、男だったら誰でもいいわけじゃない。むしろ、好みにはうるさいほうだと思ってるよ。心がなくちゃ抱けない。だから、商売の人を買うこともない。どうせ勃たないからね」

「ボリスは……？」

「君も突っ込むね」

長月さんが苦笑する。

「だって、あんなに阿吽《あうん》の呼吸で通訳してたし、日本に帰ってからもメールしてたし……。ものすごく気が合ってるように見えたから」

「ボリスはね、いい子だと思うよ。彼が抱えてる鬱屈も孤独も理解できる。頑張ってほしいと思う。だから、ロシアに国費留学したいと頑張る彼を応援するために資料を送ってあげたりしているよ。でも、それだけだね。恋愛対象にはなれなかった」

「でも、ボリスは長月さんのことが好きだったんでしょう？」

「そうだね」

俺は思わず黙ってしまう。

そんな俺の沈黙が気になったのか、長月さんが目を開けた。

「どうした？　黙って」

「いえ。だって、僕も強引に長月さんに迫ったし……。もしボリスがもっと強気に同じことをすれば、同じ結果になったんじゃないのかなって。長月さんを好きってところでは、ボリスも俺も同じだから」

ふっと長月さんが笑った。

「僕の気持ちは？」

「え？」

「僕の側の気持ちは考えてくれないんだね。迫られれば誰でもいいってわけじゃない。こうやって、君を抱けることが僕の答えだよ。一応、身持ちはものすごく固いつもりだからね」

「――……あ」

長月さんが身を起こして、俺を抱き寄せた。

まだ湿った肌と肌が触れ合い、ついさっきまでの睦《むつ》み合いを思い起こしてどきりとさせる。

「ほら、まだ抱けるよ」

手を引き寄せて、シーツ越しに昴ぶりに触れさせられた。

「な、長月さん……っ」

「体は心より正直だね。君が可愛くて仕方ないらしい」

「――え……、と。いいですよ、もう一回、……やります？」

真っ赤になって言った俺に、長月さんが吹き出すように笑った。

「冗談だよ。日高君を壊したいわけじゃない」

そして、俺の肩を抱いたまま再び横になる。

「こうやって肩を抱いて眠るだけでも、今は十分だよ」

長月さんは、俺の首筋に顔を埋めて目を閉じた。

「──分かるかな、この、誰かが隣で眠ってくれる幸せな気持ち。君には分からないかもしれないね。……女性も抱けるんだろうから。僕みたいな人間にはね、こうやって隣に人がいてくれるということが、ものすごい奇跡で、……幸せなんだよ」

じわっと目頭が熱くなった。これまでの長月さんの孤独を垣間見た気がして、ぐっと胸が苦しくなる。

この人を、この、臆病で淋《さび》しがりで甘えんぼなこの人を、守りたいと思った。

シーツをたぐり寄せて、長月さんの肩まで引き上げる。その上から俺は、長月さんの体をぎゅっと抱きしめた。

「……おやすみなさい。僕は、ずっとそばにいますから」

朝になったら、おはようございますと、心を込めて言おうと思った。

そうしたら、なんでか長月さんは泣くような気がした。

20

「ちょっとジオインフォ室行ってきます」

物件ファイルを持って席を立つ。

あ、ちょっと待って、と隣の中洲《なかす》さんに呼び止められる。

「長月さんとこ行くの？」

「いえ、甲斐さんです」

「じゃあ、長月さん忙しそうか様子だけ窺ってきて。ＯＫそうだったらあとで書類持ってくから」

「今、一緒に持っていきましょうか？」

中洲さんが顔を上げる。俺を見て少し肩を竦める。

「ついでに質問もあるからいいわ」

おー長月技師長に質問か、勇気あるな、と斜め向かいの中洲さんの同期の先輩が茶化す。

「最近、長月さん親切よ。柴田《しばた》くんも質問してみたら？」

「いや、俺は勇気ないよ」

仲の良い二人のやりとりを背に、俺は営業部屋を出て三階のジオインフォ室に向かう。

長月さんは今はジオインフォ室にも机がある。

俺の代わりにジオインフォ室の補強に回されたのは長月さんだった。ただ、会社としては技師長としての対外的な存在も欠かせないということで、技師長と兼務ということになった。今は、技師長兼ジオインフォ室副室長だ。

「失礼します」

ジオインフォ室の扉を開ける。

「甲斐さん、中国案件の見積もりを持ってきたので確認していただきたいんですけど」

「ああ、うん。ちょっと待ってて。すぐ見るよ」

慌しそうに図面に付箋《ふせん》を貼《は》って指示している甲斐さんの隣の作業台で、長月さんがジオインフォ室の若い社員にスクリプトを教えている。

長月さんの腕には、見慣れた分厚いリングファイル。キルギスで俺が借りていた、メモで一杯の長月さんのスクリプトマニュアルだ。キルギスの事務所がふっと頭に浮かんで、少し懐かしい思いに囚《とら》われる。

教わっている社員がポカをしたらしい。長月さんは眉をしかめ、そのあとで少しだけ苦笑した。ディスプレイを指差してエラーを指摘する。

俺は小さく笑った。ほんのりと体が温かくなる。

最近、時々だけど、長月さんが柔らかくなってきたと社内で噂を耳にする。挨拶をしたら少し笑ってくれたとか、ばかな質問をしても毒舌を吐かれなかったとか、そんな些細《ささい》な事柄ばかりだけど。

長月さんが笑ってくれるのを見ると、俺はちょっとばかり得意な気になる。

このあいだの週末、最近長月さんの評判がいいことを告げたら、長月さんは少し口ごもりながら答えてくれたのだ。

「誰にでも愛想よくしておいたら、社内でつい日高くんにいい顔してしまったときにも目立たないだろ」と。

押しかけたあの夜から二ヶ月、何度もキスもしたしセックスもしたけど積極的なのはいつも俺のほうで。いつまでも俺ばっかりが長月さんを好きだという気持ちになって凹《へこ》みかけていたときの言葉だった。泣きたいほど嬉しかった。

そのことをちょっとだけ告げたら、長月さんは困ったような顔をしながらも「悪かった」と抱きしめてくれた。

長月さんが不器用なのも臆病なのも、今はもうよく分かってる。だから、こうやって、ちょっと漏らしてくれるだけで、俺は情けないほど単純に復活して幸せになれる。

「じゃあ甲斐さん、ありがとうございました。失礼します」

俺は、長月さんとは一度も目も合わさず、言葉もかわさないままジオインフォ室を出た。

扉を閉めて、ほっと息をつく。少し笑う。

心臓がとくとくと音を立てている。

長月さんが笑っていた姿を目にしただけで俺は幸せ一杯だ。あれは端っこで俺に繋がってる笑顔だから。

歌いだしたい気分で階段を駆け下りる。

「よ、日高、相変わらず元気だな」

「あ、おつかれさまです。先週はありがとうございました」

営業部の事業部長だ。先週、外務省に同行してもらった。

「どうなった？　あの件は」

「おかげさまで反応上々です。来週、世銀とアジ銀のジオインフォプロジェクトの目ぼしい報告書を持っていくことになりました」

ＪＩＣＡを通り越してその上部機関に当たる外務省に働きかけたらどうだと言ったのは事業部長だ。海外援助ならＪＩＣＡと決めてかかっていた俺たちには目から鱗《うろこ》だったその案は大当たりで、さすが事業部長だと俺は感心せざるを得なかった。

長月さんに教わる以外にも、ここにはまだ学ぶべきことがあちこちに転がっている。

ジオインフォ案件のレベルが上がれば、長月さんはまた海外に飛べるようになる。

そうすれば、俺と長月さんが海外で一緒になる機会も訪れるだろう。

俺は、長月さんと一緒にプロジェクトをやりたい。

今週末も俺は長月さんに会う。

長月さんは、国内では飲まないと言っていたお酒を少しだけ飲む。少し飲んで、少しリラックスして笑う。

少しずつ、少しずつ。

ちょっとずつ、ゆっくりと近付いていけたらと俺は思う。

舞い上がらない程度のスピードで、あの臆病な人に。

クロノグラフと万年筆

――あ、あれいいな。

俺の目は、隣の人がつけている腕時計に吸い寄せられた。

外務省の新規事業説明会に行ったときのことだ。各社の営業が押し寄せる一斉説明会では、隣に座った人がどこの会社の人かなんてまったく分からない。同業他社や大手コンサルなら分かるが、ここまで多種多様な業種が一堂に会するともう無理だ。

その腕時計は、クロノグラフなんだけど、極端にスポーツ寄りなデザインではなく、ビジネスでも無理なく使用できそうに見えた。おしゃれだけど華美すぎはなく、機能が多くて便利そうだけどシンプル。年配の人が使用しても、若作りというよりもお洒落《しゃれ》に見える。

俺はちらりと隣の人を見た。

どこの会社の人かは分からないが、少なくとも部長クラス以上の、落ち着きと貫禄《かんろく》を備えた人だった。そういう人がつけても、全然違和感がない。

――どこの時計だろう。

微妙な角度で袖がかぶさっていて、ロゴが見えない。

腕を動かさないかな、とちらちら見ているうちに、外務省職員が部屋に入ってくる。

その人が資料を開こうと左手を動かしたときに、ロゴがちらりと見えた。

――げ。オメガだ。

思わずため息をついた。

自分の目の審美眼は正しかったと誇る気持ちと、がっかり感が同時にやってくる。いいもののはずだ。それは、数十万円もするスイスの高級腕時計だった。

長月《ながつき》さんに似合うと思ったのになぁ。

俺はこっそりとため息をついた。


長月さんはさりげなくお洒落だ。

ジオインフォ室の甲斐さんみたいな、見るからにお洒落な人とは違う。一見普通なんだけど、よく見ると質のいいものばかりを身に着けている。

……のに、ワイシャツは形状記憶しか買わない。こだわりはあるらしいんだけど、そこに利便性と合理性の天秤《てんびん》があって、自分の納得したものしか買わない。逆に、気に入ったら色違いを買って、何年も大切に使う。安物買いの銭失いという言葉は、絶対に長月さんにはありえない。

そんな長月さんだから、誕生日とかになにかあげたいと思っても、怖くて買えない。クリスマスはワインとケーキでごまかした。

その俺が、あの腕時計をあげたいと思った。

いや、長月さんの腕に、あれをつけたいと思ったのだ。絶対に似合う。

オメガという高いハードルに諦《あきら》めそうになったけど、そう思ってしまったら、もうそれしかない気がしてきた。

一体いくらするんだろう。

もし、とんでもなく高い値段だったら長月さんも引いちゃうかもしれないけど、下手に安い物を渡すよりは、ちゃんとした物をあげて、長く使ってもらうほうがいい。絶対にそのほうがいい。そのほうが俺も嬉《うれ》しい。

俺は、どきどきしながら、昼休みにインターネットで検索してみた。

だけど、見つからない。

「――新作なのかな」

オメガのホームページに行ってみても、見つからない。

オメガじゃなかったのだろうか。いや、あれは絶対にオメガだった。

良くできたばったもん？　いや、あの高級感でそれはありえない。オークションサイトや、レトロオメガのページを漁《あさ》ってみても見つからない。

「なに見てるんだい？」

「あ、甲斐《かい》さん」

声をかけられて振り返れば、ジオインフォ室の甲斐さんが後ろから俺の画面を覗《のぞ》き込んでいた。コロンの香りがかすかに届く。本当にお洒落だ。

俺の机についた手を見て、その腕時計がオメガだということに気づいた。

「甲斐さん、オメガなんですね」

「ん？　そうだけど」

「甲斐さんはオメガ派なんですか？」

「オメガ派？」

「ほら、高級時計をつける人って、ロレックス派かオメガ派に分かれるじゃないですか」

「ああ、そういう意味なら、オメガ派だね」

甲斐さんは笑って腕時計を振る。しゃらりと独特の音がした。見る人が見れば分かる、自動巻きの時計を愛用している人の仕草だ。

もしかしたら、甲斐さんなら分かるだろうか。

「オメガ詳しいですか？」

「詳しくはないけど、免税店なんかに行くとやっぱり覗いたりはするね。好きだから」

「じゃあ、こういうの知りませんか？　クロノなんですけど」

俺は記憶にある腕時計の特徴をかいつまんで話す。だけど、甲斐さんもそれは見覚えがないと言った。

「それ、オメガだった？」

「だったと思うんですけど。ロゴがあったし」

ため息をつく俺に、甲斐さんは笑う。

「で、日高君はそれをさっきから探しているわけだ」

「そうなんですけど、見つからないんですよね。――あ、会議室行かなくちゃ」

昼休み終了十分前だということに気づいて、俺はブラウザを閉じた。午後一発目は支店との会議だ。会議室のテレビ会議システムを立ち上げなくてはいけない。

営業部屋を出ようとした俺を、甲斐さんが「日高君」と呼び止める。

「どうしても見つからなかったら、ツイッターとかフェイスブックで尋ねてみるといいよ。オメガマニアは世界中にいるからね、誰かが知っているかもしれない」

「あ、なるほど。そうですね。ありがとうございます」

「じゃあ、がんばって」

甲斐さんはなぜかにっこりと笑って、営業部長の席に歩いていく。意味深な笑顔にちょっと首を傾《かし》げながら、俺は会議室に走った。


「なにをさっきからネットに釘付《くぎづ》けになってるんだい？」

「あ、すみません」

「いや、べつに謝らなくてもいいんだけど」

長月さんが濡《ぬ》れた頭を拭《ふ》きながらバスルームから戻ってきて、俺はノートパソコンを閉じた。

「珍しいね、ツイッターに夢中になってるなんて」

「ちょっと、探し物をしていて」

「探し物?」

「あ、もういいんです。長月さんがお風呂に入っているあいだだけのつもりだったし」

ふーん、と長月さんが生返事をして、キッチンに入っていく。

「暑いね。僕はビール飲むけど、日高《ひだか》君も飲む?」

「あ、頂きます」

ノートパソコンを鞄《かばん》にしまっている横で、長月さんが冷蔵庫を開け閉めする音が聞こえてくる。続くのは包丁の音。

「長月さん?」

俺はキッチンを覗き込んだ。

「なにか作ってるんですか? 手伝いますよ」

「大丈夫だよ、切ってるだけだから。美味《おい》しそうなスモークターキーを見つけたから、付け合わせにサラダをね。日高君はグラスとビールを出してくれる？」

「わかりました」

首にタオルをかけて野菜を切る長月さんはどこか楽しそうだ。

強引に押しかけて付き合い始めてもらってから一年が過ぎた。日本では一滴も飲まないと言っていた長月さんだったけど、俺と二人のときだけはアルコールを口にするようになってきた。

そんなときの長月さんはけっこう楽しそうだ。海外にいるときほど開けっぴろげではないけど、少し笑って、よく喋《しゃべ》って、かなり海外の長月さんに近付く。結局、アルコールは嫌いでない人なんだろうと思う。

「できたよ。向こうで食べよう」

長月さんは、サラダの上にスモークターキーをのせた大皿を持って、リビングに向かった。俺はグラスとビールを持ってそれを追いかける。

長月さんはソファーで物を食べるのが好きだ。俺と一緒にいるとき、ダイニングで食べる回数とリビングで食べる回数は半々だ。寄りかかってリラックスしながら食べるのが好きらしい。イメージするとだらしないけど、実際にその場を見ると格好よく見えてしまうのが不思議だ。でもって俺は、そういう、ちょっと変な長月さんを知ることもやっぱり嬉しいのだ。

相変わらずべた惚《ぼ》れの自分を自覚する。

ソファーに並んで腰掛ける。

「あ、このお肉おいしいですね」

「そうだろ。輸入食材店にあるのを見かけて、懐かしくなってね。スウェーデンにいたときによく食べたんだよ」

「うん。すごくおいしいです。いいなあ、長月さん、スウェーデンで仕事してるときはこんなの食べてるんだ」

「他にスモークチーズもあるんだよ。日高君はスモークチーズは好き？」

「大好きです」

「じゃあ、次はスモークチーズを買ってこよう」

長月さんの言葉は本当に何気なかったのだけど、俺は、未来に繋《つな》がる約束のひとつひとつが嬉しくて、思わず笑ってしまう。

「そんなにチーズが嬉しいかい？」

「――ええ」

笑った本当の理由は言わない。やっぱり恥ずかしい。

「スモークチーズだったら、やっぱりワインですよね。俺がクリスマスに渡したワイン、そろそろあけませんか？」

「ワインは、あけたら一本飲まなくちゃいけないからな」

長月さんは渋い顔をする。

「飲んじゃえばいいじゃないですか」

長月さんがふっと笑った。少し意地悪い笑い方だ。

「飲ませたい？」

「ええ」

俺はにっこりと笑って返す。

「そろそろ、酔っ払って潰《つぶ》れた長月さんも見たいなと思って。明日は休みですし、かいがいしくお世話して差し上げますが」

「君はときどき本当に意地が悪いね」

長月さんが目を細める。今日の長月さんは本当に機嫌がいい。

もちろん機嫌がいいときに限ってなんだけど、こんなことを言えるようになったのがすごく幸せで、俺は笑いっぱなしになる。

急激に親しくなった一年半前のキルギスの出張から帰ってきた直後の長月さんは、頭から俺を拒否していたから。まったく口をきいてくれないどころか、目も合わせてくれないあの状態がとんでもなくきつかっただけに、今の平穏な状態の幸せが身に染みる。

俺は座る位置をずらし、長月さんに軽く寄りかかった。

俺の左腕と長月さんの右腕が触れ合う。

ふっと長月さんが笑う気配がした。コトンとビールグラスがローテーブルの上に置かれる。伸びてきた左手が俺の顎《あご》を持ち上げ、顔が近付いてくる。革張りのソファーが沈み、ギュッと音を立てた。少しかさついた唇が重なる。

「――誘うんじゃないよ」

長月さんが苦笑混じりに囁《ささや》く声が聞こえた。

漏れる息はしっとりと熱く、甘いのに苦い。ビールの味がする。そんなことに驚いているあいだに、強引な舌は歯の隙間《すきま》をこじ開けて口内に侵入し、あちこちを撫《な》でていく。舌と舌が触れると、ぬるくて柔らかい独特の感触にいつも胸がぎゅっと絞られ、じわりと体が熱くなっていく。俺は顎を上げて湿った息を絞り出した。

肩を押されてずるずるとソファーの上に押し倒される。

息苦しくなるような口付けを施しながらワイシャツのボタンをはずしていく長月さんに、俺は少し驚く。顔をソファーの背に押し付ければ、しつこい唇との間に隙間ができる。

「……どうしたんですか？」

俺は小声で尋ねた。

「なにが？」

「珍しいですね、長月さんが積極的になるなんて」

「ビールのせいだなんて言うとまた日高君に飲まされるな」

長月さんはふっと笑った。

「来週から二ヶ月コートジボワールだからね。日高君を充電しとくだけだよ」

「……俺を充電ですか？　それとも長月さんを充電？」

「日高君を僕に」

思いがけない睦言《むつごと》に、ぼわっと顔が熱くなった。今日の長月さんは変だ。甘すぎる。こんな言葉、キルギスにいるときだって聞かなかった。

「ど、どうしたんですか？」

長月さんはただ笑って、俺の顎を戻してキスを再開しようとする。

「あ、あの、どうせならベッドに行きませんか？」

「あれは僕のベッドなのに、ずうずうしいこと言うね、君も」

「いやあの、そういう意味じゃなくて、ここじゃ狭いし、食べ物もあって汚しそうだし」

「ここでいいよ」

長月さんの顔は楽しそうだ。これは、なにがあっても譲らない、キルギスで見た子供みたいな長月さんの顔だ。どうしたことか、針が限りなく海外側に振れているらしい。

「でも、ビールの炭酸が抜けちゃうし、せっかくのターキーも……」

意外な展開に焦る俺を体の下に敷きながら、長月さんは左手を伸ばしてスモークターキーを一切れ取った。そして口にくわえて、俺の口の上に垂らす。

「じゃあ、食べさせてあげるよ」

俺は思わず言葉を失って目を瞬《またた》く。なにがどうなっているのか、こんな長月さんは初めてだ。ぶら下がった鴨肉《かもにく》の先が俺の唇を撫でている。

「食べないの？」

楽しそうに長月さんが尋ねる。

「——食べます」

口を開ければ、長月さんが咥《くわ》えたままターキーを俺の口の中に下ろしてくる。そのまま唇も一緒に触れてきて、俺は唇と唇を触れ合わせたままスモークターキーを噛《か》んで飲み込む羽目になった。

次はビールだ。口移しに飲む炭酸は微妙な味がする。

「親鳥と雛鳥《ひなどり》みたいだね」

長月さんが目を細めて笑う。いつになく楽しそうな長月さんに、俺はつられて笑ってしまう。

なにがどうなっているんだか分からないけど、長月さんが楽しいならそれでいい。笑ってくれるのが嬉しい。

「長月さんにも食べさせてあげましょうか」

「僕はいいよ。今日は日高君を甘やかしたい気分なんだ」

「――甘やかしているというか、遊んでいるというか……」

俺の呟《つぶや》きを聞きとがめて、「なに？」と長月さんが問う。

「いえ、なんでも」

俺は長月さんを見上げて笑った。頬《ほお》が熱い。長月さんとこんな時間を過ごすなんてどれくらいぶりだろう。

「ほら、もっと口を開けて。次はなにを食べたい？　ミニトマトでもあげようか」

「――キスがいいです。長月さんの」

長月さんは一瞬目を丸くして、くっと笑い出した。

「そう来るか。食べ物がもったいないと言ったのは日高君だよ？」

「でも、今食べたいのはそっちなんで」

「そうか、僕は日高君に食べられてしまうのか」

長月さんはくつくつと笑う。

それでも、唇は下りてくる。

さっきはずしたシャツの隙間から大きな手が入ってくるのを感じて、俺は小さく息を詰めた。両腕を長月さんの腰に回して、シャツの裾《すそ》をスラックスの下から引っ張り出す。

シャツの下に手を入れて長月さんの背を撫でたら、伸《の》し掛かった足にぎゅっと力が入るのが分かった。

ソファーでセックスをするのは、実は苦手だ。座面と背の間にはまり込んでしまうと、どれだけ足掻《あが》いても逃げられなくなるから。強すぎる快感を逃そうとしても、体が動かないからどんどん追い込まれる。結果、ベッドで抱かれるときよりも感じてしまって、晒《さら》した痴態にあとで恥ずかしくて仕方なくなる。

だけど、それを承知のうえで長月さんはここで抱きたいというのだろう。

そうやって、コートジボワールでの二ヶ月間分を充電したいというのなら、俺が逃げられるはずがない。

求めてもらえる幸福。嬉しくて、幸せで、俺は長月さんを抱きしめて熱い息を吐いた。

例のオメガの時計を探し始めて三週間、俺はようやくそれにたどり着いた。

「――限定モデルだったんだ」

ツイッター、掲示板でも答えは出ず、最終的にオメガの本社のお客様相談室に英文メールで問い合わせたのが二日前のこと。今朝起きたら、答えが返ってきていた。

それは、昨年、世界海洋会議がスイスで開催されたのに合わせて作成された限定モデルだった。見つからないはずだと思った。

「値段書いてないな。通信販売とかできるのかな」

改めて問い合わせる。

三週間かけて探し回っている間に、俺の心の中では、この時計を長月さんにプレゼントする心積もりが固まってしまっていた。最初は、あまり高価なものをあげると引くかなとかいろいろ考えていたのに、そんな気持ちはいつのまにか消えうせた。もう、手に入れることしか考えていない。

返事は翌日に返ってきた。

「スイス本店限定販売？　しかも、通信販売対応外？」

俺はがっくりとうなだれる。

それじゃだめだ。買えっこない。

どうやら、代理店販売もやっていないらしい。輸入代行とか、オークションで扱っていないかと型番で探してみたが、ひとつも引っかからない。

「うあー……」

お手上げだ。

俺は机の上に突っ伏した。

「長月さんに似合うと思ったのになぁ」

はあ、と俺は大きなため息をついた。

「そういえば、あの時計見つかった？」

朝、ものすごく久し振りに電車で甲斐さんと一緒になった。

相変わらず華やかな存在感のある人だ。並んでいると自分がものすごくひよっこに感じてしまう。つり革に並んで摑《つか》まっているだけなのに、前に座った女の人がちらちらと甲斐さんを見上げたりする。

「あ、一ヶ月くらい前に見つけました。すみません。でもだめでした」

「なんで？　売り切れ？」

「スイス本店でしか売っていない限定モデルだったんですよ」

「へえ。オメガでも限定モデルなんかやるんだ。あのブランドはそんなミーハーなことはやらないと思ってたよ」

「なんか、国際会議の贈り物に使われたらしくて。だから、数も少ないし、通販もやらないし。お手上げです」

ははっと笑った俺に、甲斐さんは「そんなにあれが気に入ったの？」と尋ねる。

「そうなんですよね。僕は基本的にはブランドには興味ないんですけど、あれだけは忘れられなくて」

「まあ、日高君もそろそろ良い物をつけてもいい年頃だしね。本当に良い物は一生使えるからね」

「甲斐さんのオメガはいつ買ったんですか？」

「これは、ジオインフォマスターを取ったときに買ったから、二十九かな？」

甲斐さんが左腕を持ち上げる。

ワイシャツの袖《そで》からオメガが見えた。それも十分格好いいと思うけど、長月さんの少し細くて神経質そうな手首には、やっぱりあのクロノグラフがよかったと思ってしまう。がっかり感が募って、思わずため息が漏れた。

「長月君が帰ってくるのは、来週の木曜日だったっけ？」

電車に揺られながら、甲斐さんが思い出したように言う。女性の視線は相変わらず甲斐さんにちらちら届いている。

「ええ。今回はけっこうてこずっているみたいですよ。現地の人がのんびりしすぎていて」

「アフリカだからなぁ。常夏の人はのんびりだと聞くしね」

言いながら、甲斐さんはくすりと笑う。

「どうかしました？」

「いや、長月君も、日高君にはグチを言うんだなと思っただけだよ。俺とのやりとりのメールには、自信満々なことしか書いてないから」

「――え」

思わず口ごもる。

「すみません、今の言葉、忘れてください」

失敗したと焦る。長月さんがあえて隠していたことだったなんて。

「いいよいいよ、誰にも言ったりしないから」

甲斐さんがくすくすと笑う。

「それにしても、あの長月君がねぇ。上手《うま》くいってよかったね、君たち」

「――甲斐さん……」

甲斐さんはにやにやと意味深に笑っている。

その表情に、心の底から、ああ失敗したと思う。

きっと甲斐さんは、長月さんをからかう。甲斐さんと長月さんは、はたから見ている以上に気が合っていて仲がいいのだ。お互いゲイだと知っているから尚更なのだろう。

「あの、……本当に忘れてくれませんか？」

俺の本気の懇願を、甲斐さんはあっさりと「忘れないよ。こんないいネタ」と魅惑的なスマイルで無視し、そしてあと少しで降車駅に着きそうになったときに、いきなり俺に爆弾を落とした。

「誕生日はさぞかし楽しかったろうね」

俺は目を瞬く。

「――誰のですか？」

「長月君の。コートジボワールに行く直前だったろ？」

「え？」

　俺は思わず固まる。

「もしかして、忘れてた？」

　忘れたもなにも、俺は長月さんの誕生日を知らない。何回か聞いたけど教えてもらえなかったし、誕生日を調べるためだけに個人情報取得申請を人事部に出してまで書類を取り寄せるのも公私混同している気がしてやらなかったのだ。

「コートジボワールに行く直前の週末だったから、間に合ってよかったなと思っていたんだけど」

「週末……ですか？」

「たしか、金曜日か土曜日だよ。翌日が休みだったことを覚えてるから」

　俺は思わず息を呑《の》む。週末。もしかして、長月さんが上機嫌だったスモークターキーを食べたあの夜だろうか。

　もしかしてあれは、誕生日だったから機嫌が良かったのだろうか。

「甲斐さん、長月さんの誕生日をご存知なんですね」

「まあ、つきあいは長いからね。昔、パスポートを見たことがあるんだよ。もしかして知らなかったとか？」

「――ええ。まあ。……聞いても教えてもらえなかったので」

甲斐さんは、しまったという顔をして目をそらす。

「……それは、悪いことをしたかな」

「いえ、そんなことないです」

タイミング良く電車が駅に着き、俺たちは人の波に外に押し出される。

「甲斐君、おはよう」

しかも、同じ電車に乗っていたらしい部長が甲斐さんに声をかけ、この話題は完全にお開きになった。

本社ビルに近付くにつれて、知った顔が増えていく。

「おはよう」

「おはようございます」

元気に挨拶を交わしながら、俺の心の中はショックで一杯だった。


一週間後、長月さんが帰ってきた。

長月さんは空港から自宅まで直帰している。空港からもらった到着連絡の電話のなかで、こっそりと今晩行っていいか伺いを立て、俺は夕方に長月さんのマンションのインターホンを鳴らしていた。

左手には大きめの四角い箱。

「ケーキ？　なにかおめでたいことでもあったのかな？」

大好きな顔が目の前に現れて、胸がきゅっと音を立てた。ああ、やっぱり好きだと思う。

久しぶりに会った長月さんは、少し痩《や》せたようだった。

長月さんは出張に行くと痩せる。今回はアフリカの地で強い太陽に晒されたこともあって、少し日焼けもしている。

「えーと……」

俺は口ごもった。

不思議な顔をする長月さんに、俺はがばっと頭を下げる。

「すみません、二ヶ月遅れの誕生日です」

「——誕生日？　ああ、出張に行く直前か。すっかり忘れてたよ」

「すみません、気がつかなくて」

「それで慌てて来たのかい？」

長月さんの声は苦笑しているようだった。

顔を上げたら、眉を寄せて笑っているのが目に入った。

「帰国した日にいきなりなんて、日高君にしては珍しいなと思ったんだよ。一日待てば金曜日なのにね」

「すみません、お疲れのところなのに」

「かまわないよ、上がっておいで」

玄関で立ったままだった俺を、長月さんは手で招く。

「いえ、これをお渡しに来ただけだったんで。今日は時差ぼけもあってお疲れでしょう」

俺はひたすら恐縮して箱を差し出す。

「僕に一人でケーキを食べなと言うのかい？　それこそ意地悪じゃないか」

戻ってきた長月さんが苦笑しながらケーキの箱を受け取ってくれる。

「いえ、ケーキじゃなくてキッシュです。評判になってるキッシュ専門店の二号店が、先月都内にオープンしたんで。出張から戻ってきた日だったら、まだ食材の買出しもしていないだろうと思って、夕飯代わりに。温めるだけで食べられますから」

「わざわざ買いに行ってくれたの？」

長月さんは、箱を受け取るのと同時に、俺の肩をぽんと叩《たた》いた。

「それだったら、尚更一緒に食べよう。日高君も夕飯はまだなんだろ」

「いえ、でも……」

「おいで。僕からも君にお土産があるから」

長月さんが微笑《ほほえ》む。

海外のテンションが抜け切っていないのか、その笑顔は明るく楽しげだった。

きゅっと心臓が絞られ、どきどきと音を立て始める。長月さんのこんな貴重な表情を前にして断り切れるほど俺は強くない。

「――おじゃまします」

俺は小さな声でささやいて靴を脱いだ。


「これはおいしいね」

ダイニングテーブルの上には、ケーキのように切り分けた丸いキッシュが置かれている。

長月さんは手づかみのままそれを一口食べて、感心したように言った。

「評判なんです。もともとは大阪の店なんですけど、東京にも進出してきて。誕生日のお祝いだけど、長月さんはケーキよりこっちのほうが好きかなと思って」

あたりだよ、と長月さんは笑った。

「今日はこっちのほうがいいね。長旅のあとの甘いものは胃にもたれそうだ」

「――あの」

「ん？」

「本当にごめんなさい」

俺は改めて頭を下げた。

「なにが？」

「誕生日に気がつかなくて」

長月さんが驚いた顔をする。

「なんで謝るんだい。僕が日高君に言っていなかったんだから知らなくて当然だろ？」

「でも、甲斐さんはご存知でしたし。——せっかくの誕生日だったのに。あの日ですよね、スモークターキーを食べた日。なんで言ってくれなかったんですか」

「なんでと言われても。僕は本当に誕生日なんて祝う必要ないと思ってるから」

「え？」

「誕生日なんて、ただの記号だろ？」

「——はい？」

俺は改めて顔を上げた。

長月さんが俺を見る。その表情に俺は目を瞬く。

失敗をやらかした俺を傷つけまいと「気にしてない」と言っているのかと思ったら、長月さんは本当に「どうしてそんなことを気にするの？」という顔をしている。

「誕生日なんて、ただその人が生まれた日というだけじゃないか」

長月さんは当然という口調で言う。

「えーと、その。生まれた日だからお祝いするんじゃないんですか？」

「どうして？　生きている人は誰だって生まれた日があるんだよ。そんなの特別でもなんでもないよ。努力して得たなにかの記念日というなら話は別だけど、誰もが当然のように持っている一日をそんなに祝う必要ってある？」

「え……？　え？」

つらつらと喋る長月さんに、本当に訳が分からなくなる。

「だいたいね、そういう強制されたお祝いってどうかと思うね。義務みたいでありがたみもないと思うんだよ、僕は」

――思い出した。長月さんは社内でも偏屈で有名だったんだ。あの技師長の屁理屈《へりくつ》は天下一品だと。長月さんとこういう関係になって、すっかり忘れていた。

「でも、――お祝いしたいとは思いません？」

「べつに。だから僕も、日高君の誕生日なんて聞いていないだろ？」

「言われてみれば……」

俺は思わずがっくりとテーブルに頭を落とす。

この人は本当に誕生日なんてなんとも思っていなかったんだ。

「でも、俺は、長月さんの誕生日をお祝いしたかったんです」

「なんで?」

「なんでっていうか……。物をあげたり、ケーキを食べたり、幸せなイベントはいくつあってもいいでしょう? 好きな人におめでとうと言えるチャンスは、あればあるほど嬉しいし」

「もしかして、プレゼントもあるの?」

俺は言葉に詰まった。

「――いえ、すみません、今日はないです。長月さんの誕生日を甲斐さんに聞いたのが先週で、間に合わなくて。……考えているものはあるんですけど、まだ手に入れてないです」

頭の中にあるのは、オメガの腕時計だ。

スイスに出張にいく社員がいたら買ってきてもらおうとまで考えていたのだけど、一週間では到底無理だった。一年ぐらいの長期計画で動いて、誕生日の日に渡せばいいと思っていたのだ。

「よかった」

長月さんはあっさりと言って笑った。ぱくりとキッシュに食いつく。

「誕生日に合わせて無理に買った物を貰《もら》っても嬉しくないしね」

「……えーと」

さりげなく、酷《ひど》いことを言われた気がする。これは、誕生日プレゼントの全否定じゃないだろうか。

「だって、思わないかい？　たとえば僕が、これは日高君が喜ぶだろうなと思うものを見つけたとしても、あげる理由がないからと素通りする。逆に、とくにあげたいものが見つからなくても、誕生日だからとなにか適当な物を探して包む。心の中では、先日見つけて素通りしたもののほうがよかったなとか思いながら。それは、貰う人にとっても、包まれたものにとっても、不幸なことじゃないか？」

頭の中がぐるぐるしてきた。

とにかく、長月さんが本気で誕生日をどうでもいいと思っていることだけは分かった。あと、この長月さんの言葉が痛いところを突いていることも。もし俺が前から長月さんの誕生日を知っていて、この腕時計が手に入らないことが分かっていたら、なにか他のものを探してプレゼントにするだろう。それをベストだと思っていなくても。

でも、それでも悪くない気はするんだけど……。要は、あげたい、祝いたいという気持ちの表現な訳だから……。

でも、この長月さんに上手く反論できる言い方も見つからなくて、俺は黙ってしまう。

俺はよほど困った顔をしていたのだろうか、長月さんは「そんな難しい顔しないで」と苦笑して席を立った。

「おいで、日高君」

リビングに歩いて、俺を振り返る。

そして、テレビが置いてあるローボードの上から四角い包みをとりあげる。

「これを日高君にあげる」

「――僕にですか？」

俺は席を立って長月さんに近寄る。

「僕は、誕生日とかクリスマスとかにあえて贈り物を探すことはしない。だけど、その人が喜ぶだろう、その人にあげたいと思うものを見つけたときには、その場でプレゼントすることにしてる」

それは、濃い紺色の包み紙に包まれた手のひら大の箱だった。

「当然貰えるものと思って期待して貰うよりも、突然貰うほうが、サプライズで嬉しいだろ？開けてみて」

長月さんは俺の肩を押してソファーに座らせ、自分もその隣に座った。

俺はぺりぺりと紙を剝《は》がし、箱に印刷されたロゴを見て息を詰めた。

アルファベットが「オメガ」と並んでいた。どきりとする。

「――え？」

どきどきしながら箱を開ける。

「……うそ」

それは、俺が二ヶ月探し続けた限定モデルのクロノグラフだった。

驚いて声も出ない俺の横で、長月さんが「驚いた？」と楽しそうに言う。

「日高君が欲しがっていたと甲斐君に聞いたんだよ。スイスの本店でしか買えないモデルだと聞いたから、帰国便の乗り換え地をフランスからスイスに変えて寄ってきたんだ」

怖いくらい心臓が速い。

嬉しいというよりも、なんでこれがここにあるんだろうという戸惑いのほうが大きくて喉が詰まった。これは、俺が長月さんにあげたかったものなのに。

「日高君が欲しがっていたのはこれだろ？」

「――はい」

「確かにいいものだね。日高君もそろそろこういうものを身につけてもいい。どう、喜んでくれた？」

俺は時計を見つめる。

クロノグラフは、天井の明かりを受けてセンス良く光る。そうだ。俺が見たのはこれだ。長月さんの腕に絶対に似合うと思って、手に入れようとしたもの。

「――でも」

「ん？」

「俺がこれを探してたのは、……長月さんにあげたかったからなんです」

「え？」

「さっき俺が言った、間に合わなかったプレゼントってこれです。どうにかして手に入れて、長月さんにあげたくて。絶対に長月さんに似合うと思って」

俺は横を向いて長月さんを見上げる。

長月さんは驚いた顔をして目を丸くしていた。

「……それは、大きなフェイントだね」

「俺だってフェイントですよ。まさか、長月さんが買ってきてくれちゃうなんて」

二人して顔を見合わせる。

長月さんは何度も目を瞬き、きっと俺も困った顔をして眉《まゆ》を寄せて、そして、数秒してから二人同時におもむろに笑い出した。

「参ったな、ほんと、参ったよ」

けらけらと長月さんは笑う。

「それは俺のセリフですよ。本人に買われちゃったらどうすればいいんですか。とんでもないフェイントですよ、これ」

けたけたと笑いあう。

長月さんは俺の肩を抱き寄せて、額と額をくっつけるようにして笑う。

「サプライズで喜ばせるつもりが、こっちがサプライズだ。参ったな、かなり嬉しいよ、日高君」

本当に意外だったのだろう。こんなに笑い続ける長月さんを俺は初めて見た。

しばらく長月さんは笑い続けてから、にじみ出た涙を拭いて「じゃあ、これは僕が自分でつけようかな」と言った。

「そうしてください」

俺はほっとして笑う。

「絶対に長月さんに似合います。つけてみてくださいよ」

箱から取り出し、俺の手で、長月さんの左手につけた。かちりと音がする。

「ほら」

銀色のクロノグラフは、思ったとおり、長月さんの手首にしっとりと収まった。重厚すぎず軽すぎず、華美すぎず地味すぎず。それは、俺が頭の中で想像したとおりで、心の底から満足する。

「なかなかいいね。じゃあ、これは僕がもらうよ。ありがとう、日高君」

「お金払います。お幾らでした？」

「いいよ、お金はいらない」

「でも、それじゃ俺からのプレゼントになりませんよ」

長月さんはふっと笑った。

「いらないし、これはちゃんと日高君からの贈り物として身に着けるよ」

「でも……」

戸惑う俺をおいて、長月さんはソファーを立った。

そして、ローボードの上からもうひとつの包みを取り上げる。

「日高くんにはこっちをあげる。君にあげるつもりだった時計を僕が貰ってしまったからね」

開けてみて、と言われてまた包み紙を開ける。それも、時計と同じ紺色だった。ただ、少し小ぶりだ。

俺ばかり開けて、まったく、誰の誕生日だか。逆転してるよと自分で突っ込む。

再び現れるオメガの箱。中にあったのは、今、長月さんがつけているクロノグラフの文字盤と同じ濃い紺色の万年筆だった。センス良く鈍色《にびいろ》に光る。シンプルなデザインなんだけど、よく見ると手の込んだ高級品だと分かるつくりだと思った。

「これは?」

「同じ、本店限定販売の万年筆だよ。この時計と揃《そろ》いで各国首脳に渡されたらしい。珍しいものだろ? 僕が自分で使うために買ったんだけどね、日高君にあげるよ」

「でも。長月さんが自分で使ったほうが」

いいんだ、と長月さんは化粧箱を俺に押し付けて、少し眉を寄せて笑った。

「万年筆が欲しかったわけじゃなくて、日高君と揃いのものが欲しかっただけだから、これは日高君に貰ってもらわないと意味がないんだよ」

長月さんの言葉が頭に入ってくるまでに、数秒かかった。

「――え？　ええ？」

言葉の意味が頭に染みた途端、ぼわっと顔が赤くなる。

俺は驚いて、思わず長月さんを見つめてしまった。

「そんなに驚かなくてもいいだろ」

「だって、……長月さんがそんなことするなんて」

「いや、僕だって女々《めめ》しいなと自分に呆《あき》れたけどさ。いいじゃないか、買いたくなってしまったんだから。これだったらお互い堂々と身につけててもばれないだろうし」

長月さんは早口に言い、照れくさそうに俺を見る。

俺の顔はどんどん熱くなる。

どうしよう、ものすごく恥ずかしいけど、ものすごく嬉しい。

「――あの」

「なに」

「もしかして、俺って、……意外に長月さんに愛されてます？」

は？　と長月さんは眉を寄せて俺を見る。

「愛してるよ、当然だろ」

くらっとした。

前屈《まえかが》みになって膝《ひざ》の上に突っ伏してしまう。やばい、なんだ。鼻血が出るんじゃないかというくらい、顔全体が熱くてばくばくしてる。

「日高君、君は僕のことを、一体どう思ってたんだい」

長月さんの呆れた声が頭の上から降ってくる。

「――いえ、あの。……すみません、ものすごく嬉しいです」

「じゃあ、この万年筆は貰ってくれるね」

「……はい。ありがたく頂戴します」

突っ伏したままの俺の肩に手をかけて体を起こして、長月さんが唇を寄せてくる。

俺は、全身ばくばくと暴れる鼓動を抱えたまま、長月さんの胸に手を当てて押し留《とど》める。

「……あの、え、と、出張から帰って疲れてるんじゃないんですか」

「こんな場面で、こんな火照った顔して誘いながら、君はそんなことを言うのかい。いいかげん無粋だね」

無粋という時代がかった言い方に思わず目を瞬く。十年の歳《とし》の差が変なところで実感できて、思わず笑いそうになる。

「こら、笑うな。ムードを理解しなさい」

まさか、日本の長月さんからムードなんて言葉が出てくるとは思わなくて、俺は本格的に笑い出してしまう。笑いながら、長月さんの脇の下から背中に手を回してぎゅっと抱きしめた。

「長月さん、――大好きです」

「うん。知ってるよ」

当然のように答えて、唇が下りてくる。

嬉しくて、どうしようもなく幸せで、笑いが止まらない。

ああ、涙まで出てきた。


それ以来、俺の鞄のポケットには、分不相応な万年筆が刺さっている。まだあまり出番はないけど、いつか、この万年筆が似合う男になりたいと思う。そうすればきっと、堂々と長月さんと並んで歩ける。

そして、長月さんの左手首にはオメガのクロノグラフ。それを見るたびに、俺はほのかに幸せになって、よし頑張ろうと思うのだ。

長月さんのその腕時計を見て甲斐さんはあっさりと状況を理解し、さっそく長月さんをからかったらしい。長月さんが悔しそうに言っていた。

そんな色々な表情を見せてくれるようになった長月さんが愛《いと》しくて、嬉しくて、毎日がとても楽しい。夫婦仲とはいかなくても、プライベートが円満だと仕事も上手くいくというの

は本当だ。なんでもできそうな気がしてくる。気がするだけじゃなくて、実際、今月に入って海外案件の受注が続いている。

当面の目標は、長月さんの大型ジオインフォ案件を作ること。

そして、俺もその場に駆けつけるのだ。担当営業が現地でやる仕事は山ほどあるのだから。

公私混同と言うなら言え。

仕事もプライベートも、どっちも満点以上にやり遂げてやる。それなら文句はないだろう。

俺は、大切な万年筆を握り締めて小さくガッツポーズをした。

あとがき

こんにちは。幻冬舎コミックスルチル文庫様では初めてお目にかかりますゲットウミナトと申します。このたびは『臆病な大人の口説き方』をお手にとってくださいまして、本当にありがとうございました。

月東として記念すべき十冊目の本を、憧れのレーベル様で出していただくことになり、かなり緊張しています。少しでも楽しんでいただけることを願うばかりです。

さてこの本は、非常にまっとうにリーマンものです。

かなりマイナーな業種がターゲットになっていますが、業務内容よりも、ああ海外でお仕事してるのねという感じで読んでいただけたらありがたいです。

で、その前半の舞台のキルギスですが、2005年前後の情勢を描いた形になっています。今ではマナス空港に米軍機はいませんし、公園の歩道でおばあさんが手作りアイスを売っていることもありません。

ですが、現在との違いはその程度で、キルギスの人々は今でも朴訥として親切で友好的です。外見も日本人とよく似ていて、酔っ払うと「肉を好んだ兄が大陸に渡ってキルギス人になり、魚を好んだ弟が東に行って日本人になった。だから俺たちはよく似てるんだ」なんて言っておおらかに笑う人々がいる、私の大好きな国の一つです。

そんな場所で仕事をする日本人サラリーマンを、今回、花小蒔朔衣先生が本当に素敵に描いてくださいました。

実は私、以前から花小蒔先生の絵が大好きで、ルチル文庫さまでお仕事をすることになったときに「あ、花小蒔朔衣先生が描いているレーベルだ。いつか挿絵を描いていただけたら幸せだなぁ」なんて思ったりしていたのですが、まさかこんなに早く夢が叶うとは思ってもいませんでした。

ラフを拝見しただけでも、日高も長月も生き生きとして可愛くて素敵で、もう本当に嬉しくてたまりません。二人とも絵の力で何倍も魅力的になりました。本当にありがとうございました。私は幸せ者です。

また、本当にお世話になってるのが担当のI様。お声かけくださり、ここに辿りつくまでにも様々に力になってくださって、心から感謝しています。対応が丁寧かつ的確で、とてもお仕事がしやすかったです。これからもよろしくお願いいたします。

そのほか、この本を作るに当たってご尽力くださる出版、印刷関係の皆様や、友人、物書き仲間など、感謝を捧げたい方々は数限りなくいるのですが、やはり、最大級の感謝は、この本を手に取ってくださった読者の皆様に捧げたいと思います。

いつも必ず書く言葉ですが、私の本を読んでくださる皆様のおかげで、私は小説を書き続けていられます。どれだけ感謝をしても足りません。本当にありがとうございます。

恩返しではございませんが、このお話を読んで、日高や長月と一緒に少しでも幸せな気持ちになっていただけたら心から嬉しく思います。

このあとのおまけ話でも少し出てきますが、実はこのお話は、ジオインフォ室長の甲斐の話が先にあって、長月と日高の関係はその友人たちの物語として生まれたものでした。

このたび、ご縁あって日高の物語のほうが先に世に出ることになりましたが、いずれ、甲斐と彼の恋人のお話でまたお目にかかれたら幸いです。

頑張りますので、これからもどうぞよろしくお願いいたします。

２０１４年　年の初めに　月東湊

おまけ

「そういえば、このあいだの若手の飲み会で、日高《ひだか》君が面白いこと言わされてましたよ」

「面白いこと？」

甲斐さんが顔を上げた。

「付き合っている彼女について、根掘り葉掘り」

「へえ。で、日高君はどう答えてた？」

「それが傑作なんですよ。年上で、頭が良くて、背が高くて格好いい人」

くっと甲斐《かい》さんが笑った。

「なにそれ、まんま長月《ながつき》君だな」

「ですよね。で、当然、年上かよーってことになるじゃないですか。羨《うらや》ましいとか、お姉さんの手ほどきはどうだったとか、さんざん言われて、もみくちゃにされて。こんにゃろ、なにか欠点暴露しろとか言われて、出てきた言葉が……」

「出てきた言葉が？」

「気難しや。二重人格」

ぶっと吹き出して甲斐さんが笑い出す。

「ついでに、俺の前でだけは甘えんぼで可愛《かわい》い。んだそうです」

けたけたと甲斐さんは笑う。思いっきり楽しそうだ。

「なんだそれ、長月君に聞かせたいな」

「でしょう？　俺は隣のテーブルだったんですけど、頭の中にリアルに長月さんが浮かんでしまってなんともいたたまれなくて」

「……それは君も災難だったね」

くつくつと甲斐さんは笑い続けている。

「そういえば、僕もつい最近、長月君から面白いグチを聞かされたよ」

「グチ？　珍しいですね。どんなグチだったんですか？」

甲斐さんの目が楽しげに細くなった。

「恋人がいつまでも敬語を崩してくれないんだってさ。親しい社員とは『俺』と言っているのに、自分には『僕』って言うのが気になるらしい」

俺は思わず動きを止めてしまった。

「それ、グチってよりものろけ……」

「だろ？　あの長月君がだよ」

けたけたと甲斐さんは笑う。

「で、甲斐さんはどうアドバイスしたんですか？」

「まず、長月君が自分から『俺』と言ってみることだね、って言っておいた。どうやら、長月君がそもそも『僕』らしいからね」

「甲斐さんは？」

「ん？」

「甲斐さんも、俺といるときは『僕』ですよね」

「僕は、独り言も『僕』だからね。今から『俺』に変えてもくすぐったくて仕方ないよ。あるいは『私』とかにしてみる？」

「なんでいきなり『私』なんですか。コメディみたい」

思わず笑ってしまう。

甲斐さんが釣られるように笑って手を伸ばした。腕の中に引きこまれてどきりとする。

「君のその笑い顔が好きだよ」

「……な、なんなんですか、突然」

「僕は、『僕』でも『俺』でも、どっちでも構わないと思うんだけどね。こうやって、自分ひとりだけに見せてくれる表情があれば、それでいいんじゃないかって気がするんだけど」

耳元に唇をつけて囁《ささや》かれて、一気に鼓動が跳ね上がる。

「長月君も、きっとそういう顔を見せてるんだと思うんだけどな。日高君に、甘えんぼで可愛いとか言わせてしまうくらいなんだから」

「——まあ、長月さんはそうなんでしょうね。でも、日高君はなぁ。あの子ほど見事に裏表がないのも珍しいですからね。確かに、長月さんにしてみたら物足りないのかも」

くくっと甲斐さんが笑い出す。

「なんですか？」

「いや、そのことを俺に言ったときの長月君の顔がね。なんというか、独特でね。彼にあんな顔をさせるんだから、日高君も本当に大したもんだよ」

甲斐さんが俺を抱きしめて首筋に顔を埋《うず》めた。

雰囲気が変わった気がしてわずかに戸惑う。

「甲斐さん？」

「いや、よかったなぁと思って」

くぐもった声が顔の横から届いた。

「よかった？」

「長月君の新しい腕時計、見たことある？」

「ええ。青い文字盤のクロノグラフですよね」

「それを見つめる長月君の顔は？」

「長月さんの顔？　いいえ」

「時々、ものすごく幸せそうな顔して腕を見つめてるよ」

囁くように甲斐さんは言った。

「それがね、本当に柔らかい微笑《ほほえ》みなんだ。僕は、長月君のことを十年以上前から知ってるからね。彼が前に付き合っていた人も、その人と別れてどれだけ彼が傷ついて苦労してきたかも知ってるから、――あんなふうに笑えるようになってよかったと、心から思うよ」

思わずつきんと胸が痛くなる。

囁くように言葉を繋《つな》ぐ甲斐さんの背中に、俺はそっと腕を回した。

「俺も、きっとそうやって笑ってるんだと思います。甲斐さんといるときは」

甲斐さんがくすりと笑った。

「分かってるよ。会社の星野《ほしの》君と、二人のときの星野君は全然違うからね。ジオインフォ室の物静かで凜《りん》とした君も、僕の前でこうやって赤くなってる君も、どっちも僕は好きだよ」

甲斐さんが俺の額に額を触れ合わせる。

「大丈夫だよ。君は、ちゃんと僕を幸せにしてる」

ちゅっと唇にキスをしてから「日曜日だね」と甲斐さんは囁くように言った。

「あの二人もこうやって一緒にいるのかな」

「それで、俺たちみたいに笑って？　――そうだといいですね」

「きっとそうだよ」

窓の外には晴れた青空。

あの恋人たちも、自分たちみたいに幸せだったらいいと心から思った。

✦初出　臆病な大人の口説き方…………サイト掲載作品「Drawers」を改題、大幅加筆修
クロノグラフと万年筆…………同人誌掲載作品を加筆修正
おまけ……………………………書き下ろし

月東 湊先生、花小蒔朔衣先生へのお便り、本作品に関するご意見、ご感想などは
〒151-0051 東京都渋谷区千駄ヶ谷 4-9-7
幻冬舎コミックス　ルチル文庫「臆病な大人の口説き方」係まで。

幻冬舎ルチル文庫

臆病な大人の口説《くど》き方

2014年2月20日　　第1刷発行

✦著者　月東 湊　げっとう みなと

✦発行人　伊藤嘉彦

✦発行元　株式会社 幻冬舎コミックス
〒151-0051 東京都渋谷区千駄ヶ谷 4-9-7
電話 03(5411)6431[編集]

✦発売元　株式会社 幻冬舎
〒151-0051 東京都渋谷区千駄ヶ谷 4-9-7
電話 03(5411)6222[営業]
振替 00120-8-767643

✦印刷・製本所　中央精版印刷株式会社

✦検印廃止

ISBN978-4-344-83058-5　C0193　Printed in Japan